底辺から始まった
俺の
Teihen kara hajimatta
Ore no Isekai Bouken
Monogatari!
3
ちかっぱ雪比呂
Chikappa Yukihiro
イラスト：Noukyo

キャロライン
冒険者パーティ『アルテミス』のリーダー。ミーツに惚れる。
カミラ
男装の冒険者。ミーツに好意を抱く。
ミーツ
真島光流《ましまみつる》
勇者召喚に巻き込まれた40歳。城を追放された後、冒険者になる。
登場人物紹介
CHARACTERS

ダンク
裏ギルドの受付。
グレンの弟。
グレン
冒険者ギルドのマスター。
プリンが大好き。
トーラス
トリケラトプス。
ミーツのペットになる。

第一話

俺は真島光流《ましまみつる》――ミーツ、どこにでもいるメタボ体型の四十歳独身だ。だがあるとき、若者七人とともに異世界に飛ばされる。召喚したのはクリスタル王国という国の王様で、勇者を召喚しようとしたところに、俺も巻き込まれただけだった。

年齢が高かった俺だけ追放され、おまけに初日にチンピラたちに身ぐるみはがされる。だが、冒険者のシオンや冒険者ギルドの副マスターのダンクと出会えたおかげで、どうにか一人で生きていけるようになった。

あと、俺のスキル――想像魔法も役に立っている。想像したことが魔法で出せたりできたりするんだが、珍しすぎるスキルなので、持っていることはなるべく内緒にしている。

そろそろ、この国を出ることを、ギルドマスターのグレンに報告するつもりだ。シオンとダンクも連れていかないといけないしな。黙って出ていくわけにはいかない。

――宿で寝ていると、扉を激しく叩《たた》きながら、俺の名を呼ぶ声が聞こえた。

目を擦《こす》りつつ起きて扉を開けると、そこには焦《あせ》った表情で今まさに扉を叩《たた》こうと拳を振りかざしている冒険者ギルドの職員モアがいる。その勢いのまま殴《なぐ》られそうになったところを、なんとか彼女の拳を掴んで止めた。

「あ、ミーツさん、やっと起きた！　大変です！　ギルマスが、グレンさんが」

「モアさん、落ち着いてください。グレンさんがどうしたんですか？」

「実はギルマスが昨夜遅く、重々しい雰囲気《ふんいき》で武装して、裏ギルドのパンチさんとキックさんを連れて、先日ミーツさんが潜ったダンジョンに向かったんです」

「あのダンジョンに？」

一体どういうことだ？

「そのとき、ダンジョンに行くことはミーツさんには秘密にしろと言ったんです。それと、もし自分が帰らなかったら、私に臨時のギルドマスターを任せるとも言っていて……。あんな深刻なギルマスを見たのは初めてで、なんだか不安になって、ダンクさんに知らせようと捜したんですが、見つからなくて……それでこちらに来たんです。秘密にしろと言われたけど、私どうしたらいいかわからなくて。お願いしますミーツさん、ギルマスを助けてください！」

なんでグレンは、俺に秘密であのダンジョンに行ったのだろうか？　俺も段々不安になり、すぐに準備をすると言って、扉を閉めた。そして買ったばかりの刀と槍を手に、再度扉を開けると、モアは顔を真っ赤にした。

「ミーツさん、その格好で行くんですか？」

モアが小さな声で言いながら、俺に向かって指をさす。その指先をたどってみると……俺の下半身に向けられていた。

俺はそこで初めて、自分の身なりに気がついた。

俺の服はベッドの上に脱ぎ散らかされている。今の俺が着ているのはシャツとパンツだけで、しかもパンツからわずかに股間《こかん》のモノがチラリと姿を見せていた。

モアの言う通り、さすがにこれではマズイと、慌《あわ》てて扉を閉めて着替えをした。

「じゃあ、今から行って間に合うかどうか分かりませんけど、行ってみますね。宿の女将《おかみ》には事情を話しておいてください」

俺はモアにそう言って宿を出た。まだ日は昇っていないので、グレンたちが出発してからそこまで時間は経ってないだろう。

俺は走って門まで行き、門番に急ぎで外に出なければいけないことを伝えるも、ギルド証の確認などゆっくり対応されてしまう。

数分後にやっと外に出ることができた。

それから全速力で走っていくと、グレンとパンチ、キックが、ランプを掲《かか》げて馬に乗り走っているのが見えた。

しかし止まろうにも、俺は全力で走っていたためなかなか止まれず、足がもつれて前のめりになり、そのままヘッドスライディングしてしまった。

なんとか手を地面につけたので、顔と胴体は擦《こす》らずにすんだが、手の平と膝は皮が剥《む》けて肉が見えた。さすがにこれは痛くて堪《たま》らないと、歯を食いしばって手の平と膝に想像魔法で出した水をかけて砂や泥を洗い落とし、さらに魔法で傷を癒《いや》した。

そんなことをしている俺の上から、驚いたような声が降ってくる。

「ミーツ、なんでお前がここにいるんだ？」

「まさか、あたしに告白しに⁉　キャーどうしよ！　心の準備ができてないわん」

グレンとパンチとは違い、キックだけは口を開かないまま、鋭い眼光で俺を睨《にら》んでいた。だが、ひとまずそれは無視して、グレンに今俺がここにいる理由を話した。

「……たったそれだけの理由で来たのか。お人好しもいい加減にしないと身を滅ぼすぞ。……まあ仕方ない、もうここまで来てしまったんだ。ここからはお前の案内で進むぞ」

グレンはため息を一つつくと、そう言いながらも少し安心したような表情になっている。

案内を頼まれたが、ダンジョンのある森はもう目の前にあるので、案内をする必要がない。さらに、森からダンジョンまでの道のりも、木がないところを通ればいいだけだから、多少暗くても迷わずに行ける。

ダンジョン前に到着すると、パンチが以前ギルド職員のグルとゴルが使った、ピラミッド形の馬を守る魔道具を取り出し、展開した。

馬を魔道具に包んで保護したところで、グレンがダンジョンに入ろうとする。俺は慌《あわ》てて声をかけた。

「このダンジョンは、最初に足を踏み入れた人によって、中の様子が変わるみたいです」

「どういう意味だ？」

「確信はないんですが、同郷の子と入ったときは、その子が最初に足を踏み入れたからか、俺の知ってるダンジョンと違ってたんですよ。そのときのダンジョンボスも、全身ミスリルのミノタウロスではなく、ジャイアントゴブリンでした」

俺の説明に、グレンは大声を上げた。

「なに？　それは困る！　お前が倒したミノタウロスでないと、俺たちが来た意味がない。人によってダンジョンの中身が変わるかの検証は、お前が倒したミノタウロスを俺たちが倒してから確かめるとしよう。ここは、お前が先頭で入ってもらう。そしてそこからは、キックとパンチの二人だけで、ボス部屋までの道のりを攻略してもらう」

グレンに言われてダンジョンに入ろうとしたが、ただでさえ薄暗いダンジョン入口の階段は、日の出前となるとさらに暗い。ランプを持っていない俺には最初の段差さえ見えず、入口手前でもたついた。すると、キックが怒鳴《どな》りながら俺の背中を蹴りつけてきた。

「ホラッ、さっさと行けよ！　グレンさんが行けと言ってるだろうが！」

「ああん！　ミーツさ〜ん」

パンチの悲鳴が響く中、俺はダンジョンの階段を転がり落ちる。

なんとか首と頭は守ったが、身体の他の部分が痛くて堪《たま》らないうえ、背中に背負っていた槍を階段の途中で落としてしまったようだ。だが腰に差した刀は無事だったため、今ゴブリンに襲われても大丈夫だろう。

階段を転げ落ちてしばらくの間、身体の無事を確かめることに時間を費やしたのに、このフロアにいるはずのゴブリンが襲いかかってくる様子がない。それを不思議に思い、想像魔法で光のバルーンを一気に十個ほど出したら、俺を取り囲んでいた数十体ものゴブリンが、突然の強烈な光により目を押さえつつ転げ回った。

俺が気づかなかっただけで、ゴブリンはたくさんいたようだ。

「あー、なんかスマン。でも、俺を殺そうとしてたんだから、しょうがないよね」

なんとなく、ゴブリンとはいえ謝ってしまった。

そして転げ回っているゴブリンが邪魔で、その後ろにいる別のゴブリンやホブゴブリンが俺に近づけない状況になっている。その隙《すき》に刀を抜いて、転がっているゴブリンから斬り殺していく。

使ってみて分かったのだが、この刀は随分といいもののようだ。ゴブリンを斬っても刀に血が付着しないし、それなりに力をこめて身体を貫いたり一刀両断したりしても、豆腐を切っているかのように滑《なめ》らかだ。前回みたいにゴブリンを氷漬けにする必要がないくらい簡単に倒せるため、段々と楽しくなってきた。

勢いよくゴブリンを斬り殺していると、階段の方から誰かが喚《わめ》くような騒がしい声が聞こえてきたので、ゴブリンを倒しながら様子を窺《うかが》ってみたところ、キックとパンチが罵《のの》り合っていた。

「ミーツさんが死んじゃったら、キック先輩のせいよ！　そうなったら、キック先輩はあたしとダンク先輩に殺されちゃうんだから！」

「うっせえ、カマ野郎が！　ダンジョンを単独で攻略したやつが、あのぐらいで死ぬかよ。そもそも、あのおっさんが攻略したかどうかは怪しいけどな！」

「お前たち、いい加減にしろ！　キック、ミーツの身に何かあった場合は、厳罰は覚悟しておけ。ギルド職員にとって、あるまじき行為だからな。パンチも今は落ち着け！　それぞれ戦闘態勢を取れ」

二人を諭すグレンの声によって場は静かになり、やがて階段からグレンとパンチ、キックが姿を現した。

「ん？　なんだか明るいな。明るいタイプのダンジョンか？　って、なんだこりゃあ！」

グレンは姿を見せるなり、驚きの声を上げた。

その大声により、俺の周りにいるゴブリンが彼に気づいて、そちらの方に向かってしまう。

「チッ、ゴブリンが向かってくるぞ！　お前たちの腕が鈍《なま》ってないか見せてみろ」

グレンが後ろにいるパンチとキックに声をかけると、キックが前に出て、向かってきたゴブリンを蹴り上げて仕留めた。パンチは大きなハンマーを振り回して、ゴブリンを数体まとめて潰《つぶ》したり、壁に叩《たた》きつけたりしていく。

グレンはというと、彼らの戦いを見守りつつ、たまに自分に襲いかかってくるゴブリンを漆黒《しっこく》の槍を使って倒していた。

どうやら手助けする必要はないようだ。俺はグレンたちの様子を見ながら、自分の周りにいるゴブリンを倒していった。

「あ、ミーツさ〜ん！　よかった〜無事だったのねえ」

全てのゴブリンを倒し終え、周りを見る余裕のできたパンチが俺を見つけると、自身の持っているハンマーを放り投げて、抱きついてきた。

「チッ、生きてやがったか。まあこれで俺が罰を受けることがなくなってよかったけどな」

「ミーツ、俺たちが倒したやつ以外はお前が倒したのか？　あと、このぷかぷか浮かぶ明かりは、お前の魔法か？　それとも、最初からここにあるものか？」

キックは相変わらず憎《にく》たらしいことを言い、グレンは矢継ぎ早に質問してきた。

「ええ、俺が倒しましたよ。この浮かぶ明かりも、俺が出しました。ちなみに、この次に出てくる敵は大きな雄鶏《おんどり》で、確かビッグチキンって名です。あれはなかなか凶暴ですから、気をつけてくださいね」

「そうか、分かった。パンチ！　嬉しさで抱きつくのはいいが、まだまだダンジョンは続くんだ。そういうのは後にしておけ」

グレンは俺の言葉に納得したように頷《うなず》くと、パンチを俺から引き剥《は》がす。パンチは口を尖《とが》らせつつも俺から離れ、放り投げたハンマーを拾ってグレンのもとに戻った。

「それからミーツ、次の階からボスのいるところまでは、極力戦闘に参加しないでくれ。こいつらの実力を見る必要があるからな。あ、そういえばこの槍、階段の途中に落ちてたぞ。うちのキックが悪かったな。帰ったらあいつにはキツイ罰を与えるから、今は許してほしい」

グレンは槍を拾ってくれただけでなく、キックに罰を与えることを約束してくれた。

準備を整えた俺たちは下りの階段に向かい、グレンを先頭に下りていく。俺は最後方から明かりを浮かせている。

下の階に着いた途端にビッグチキンが目の前に現れるも、パンチが大きなハンマーでその細い脚を一撃して行動不能にすると、続けて頭部を目がけてハンマーを振り下ろす。結果、頭部がない雄鶏《おんどり》がほんの数秒ででき上がった。

パンチはビッグチキンを見つける度に同じことを繰り返し、後からついていくグレンとキックが、パンチの倒したビッグチキンをマジックバッグに収納していく。この階のビッグチキンを全滅させたのではないかと思うほど、パンチは積極的に倒し、やがて下への階段を見つけたときには少しガッカリしているようだった。

俺がパンチの強さに驚いていると、裏ギルドの職員は荒くれ者も来る受付を任せられるだけの強さを持つことが絶対条件だと、グレンが教えてくれた。

それならキックも強いのかと彼をチラリと見たら、やつは俺の視線に気づかないのか、モゾモゾと自身の尻を掻《か》いている。なんでこんな状況で尻が気になるのかと思う。――これは次の階層で分かったことだが、キックはイボ痔《ぢ》だった。

次の階層はスケルトンロックがいる狭い部屋で、大きなハンマーを振り回せないパンチは後方に回る。キックが代わりに、ハイキックやストレートパンチを繰り出して、スケルトンロックの頭部を破壊していく。そんな中、崩れたスケルトンロックの骨の一部がたまたまキックの尻に当たり、彼が悲鳴とともに倒れたことで、イボ痔《ぢ》であることが発覚したのだ。

俺も若い頃に発症して辛《つら》かった記憶があるため、キックの気持ちは理解できた。

尻を押さえて横たわっているキックを心配したパンチとグレンが、彼の衣服を脱がし、尻を押さえる手を無理矢理剥《は》がしてイボ痔《ぢ》の様子を確認しているのを見たときは、つい合掌してしまった。

しかし、この世界ではイボ痔《ぢ》が一般的ではないのか、グレンとパンチは何がそんなに痛いのかと不思議そうな顔で、イボを触ったり突《つつ》いたりしている。さすがの俺も、キックが可哀想になって、グレンとパンチの行動を止めた。

「グレンさんにパンチちゃん、キックのそれはイボ痔《ぢ》という肛門の病気だよ。見たところ結構大きいから、随分と放っておいたんだろうね。それで死ぬことはないものの、そのイボに触れると激痛が走るんだ。しばらく待てば少しは痛みが引く。ただ、この先の戦闘はキックには辛《つら》いだろうし、無理だろうね」

「そんな、キック先輩がお尻にこんな大病を患《わずら》っていたなんて！　ミーツさん、治療することはできないの？　こんなところにキック先輩を置いていくなんて、あたしにはできない」

「今ここでは無理だ。症状が軽いなら座薬や軟こうで治るけど、ここまで大きければ切除するしかないだろうし、そうなるとそんな道具もないし技を持ってる人も今はいないから」

「分かった。パンチはここでキックと待機していろ。戻れるなら、キックを抱えてダンジョンの入口付近まで戻っていろ。俺はミーツとともに先に進む」

そう言ったグレンに、キックが、自分を置いてみんなで先に進んでほしいと言いかけるも、パンチが彼の口を手で押さえて黙らせた。

キックは暴れてパンチの手を退《ど》かそうとしたが、パンチに尻を叩《たた》かれて動きを封じられた。

そんな彼らを苦笑して見ながら、俺とグレンは次の階層を目指して進む。

そしてグレンは、次の階層に到着していきなり遭遇《そうぐう》したジャイアントゴブリンを見るなり、驚愕《きょうがく》の表情で、本当にこの階層もお前一人で攻略したのかと聞いてきた。俺は、最初に話した通りだと答えた。グレンは、そうだったなと一言呟《つぶや》く。

彼は俺に手出しするなよと言ったのち、一人でジャイアントゴブリンに飛びかかっていった。

全てのジャイアントゴブリンを倒し切ったとき、グレンは満身創痍《まんしんそうい》で、心身ともにボロボロ状態だった。さすがにこんな状態で、次の階層にいるミノタウロスに挑むのは無理だろうと思うが、精神面は無理でもせめて身体だけはと、グレンのたくさんの傷を想像魔法で癒《いや》した。

「お前の魔法は本当にデタラメだな。だが助かった。このままでは貴重な回復薬を飲まなきゃいけなかったからな。次はいよいよミスリルでできたミノタウロスだな？　ミノタウロスとの戦いも、しばらくは手を出さず見ていてほしい。俺がいよいよマズくなってきたら、加勢してくれ」

グレンの言うことに頷《うなず》いて、俺たちは階段を下りる。

そしてダンジョンボスであるミノタウロスと対峙すると、グレンは歯をカチカチと鳴らして震えているものの、逃げずにその場に仁王立ちしていた。さすがギルドマスターだと思ったのも束の間、ミノタウロスの突進をモロに食らってしまい、壁に激突して気を失った。

残った俺は、またも一人でミノタウロスと戦うことになってしまった。しかし今回は新しい丈夫な武器もあるし、前回よりもマシな戦いができるだろう。

俺はミノタウロスに向かって駆け出し、やつの足を槍で一突きしたところで、自身の異変に気づいた。

それは、ミノタウロスの動きがやたらと遅く感じられるのと、いくら丈夫な槍とはいえ、ミスリルでできたミノタウロスの身体を易々と傷つけられたことだ。

なぜだろうと不思議に思うが、今は考えている暇はない。すぐさまミノタウロスの周りを走ってやつを撹乱《かくらん》させ、隙《すき》を見てジャンプして首元に乗る。ミノタウロスに掴まれてしまったものの、俺を掴む指を曲げてはいけない方向にボキッと折る。すると、ミノタウロスは悲鳴を上げて俺を手放した。

今がチャンスだと思い、俺を見下ろしているミノタウロスの首元に狙いを定め、刀から衝撃波が出る想像をしつつ刀を振り上げると、想像の通りに衝撃波が飛んで、ミノタウロスの首をその身体から切り離した。

こうして、俺の二度目のミノタウロス戦はあっけなく終わった。俺はミノタウロスをアイテムボックスに収納した。

それから気を失っているグレンを起こして、彼の意識がなかった間の出来事を説明し、二人でダンジョンボスを倒すと出てくる地上への魔法陣に乗って戻る。そこには、パンチと彼に抱きかかえられているキックの姿があった。無事に地上まで戻っていたようだ。

ここで俺は、最初にダンジョンに足を踏み入れた人間によって中の様子が変わるのかどうか、確かめようとしていたことを思い出した。そこで、誰か一緒にダンジョンに入り直してほしいと言うと、一番体力も気力も残っているパンチが手をあげてくれた。

グレンとキックをその場に残し、パンチを先頭にしてダンジョンに入る。すると床から天井、壁まで全て、大理石のような灰色のツルツルした素材になっていた。

念のため少しだけ探索したところ、どこまで続いているのか分からないほど長い通路があり、その通路の両脇には一定の間隔で木の扉があった。そのうちの一つを開けてみたら、アナコンダほどの大きさのミミズが複数絡み合って、ひとつの塊《かたまり》になっていた。そいつらは、俺たちの気配を感じ取ったのか、その塊《かたまり》からこれまたたくさんのミミズの頭が飛び出させて襲いかかってきた。しかし戦うまでもなく、パンチのハンマーがミミズの塊《かたまり》に落とされた。

グチャグチャに潰《つぶ》れたミミズの姿を見て、パンチはガッカリしている。

「あーあ、潰《つぶ》しちゃったたん。あたし、これ好きなのに」

「え？　パンチちゃん、これ食べるの？」

「あらん、ミーツさん知らないのぉ？　デスワームっていって、茹《ゆ》でて食べると美味《おい》しいのよん。普通はもっと小さいんだけど、大きいのも食べ応《ごた》えがあって美味《おい》しいの」

この大ミミズを、茹《ゆ》でるだけで食すのかと想像すると、具合が悪くなって吐《は》きそうになった。しかし、まだ他の部屋も確認する必要があるため、我慢して壁を支えに立ち上がる。

続いて隣の扉を開けたら、妙に弱々しいゴブリンが数体いるだけで他に何もなかった。そのため、部屋から出ていこうとするも、パンチは大ハンマーを振り回して、弱々しいゴブリンをも肉塊《にくかい》にしてしまった。

このままこのダンジョンを探索してみたい気持ちはあるが、地上ではグレンと、おそらくとてもヤバイ状態であろうキックが待っている。

仕方なく地上に戻り、帰りは俺がキックを抱きかかえて走って、一足先に王都へ帰った。

王都まで戻る道中で、牛魔やオークなどの魔物が現れたときは、俺はまず抱えているキックを思いっきり上に放り投げた。そして魔物どもをデコピンや拳で倒し、アイテムボックスに収納してから、落ちてきたキックを受け止め、またひたすら走り出す。キックはよほど尻が痛いのか、表情も身体もガチガチに固まっていた。

馬に乗っているグレンたちより早く王都に到着したことにキックは驚いていたが、それよりも尻の痛みがひどいのか、世話になっている治療師のところまで連れていってほしいと懇願してきた。断る理由もないのでそのまま連れていくと、キックは俺に抱えられたまま、今までのことはすまなかったと謝ってきた。

そして治療師がいる建物に着き、彼は辛《つら》そうな表情のまま複数の人に抱えられていった。

残った俺はギルドに向かい、モアにグレンが無事に帰ってくることと、キックの治療のために一足先に彼とともに帰ってきたことを伝える、すると、モアは涙をポロポロとこぼしながら感謝してきた。

報酬は明日取りに来てほしいとのことなので、俺は疲れた心と身体を休めようと宿に帰り、すぐさまベッドに倒れ込んで眠ってしまった。

第二話

目を覚ますと、汚れた服のまま寝ていたことに気がついた。ゆっくり身体を起こし、自身の服とベッドに付着した汚れを想像魔法で落としてから、軽く顔を洗って、部屋の窓を開けて外を見る。今日もいい天気で、明るく日が昇っていた。

昨日ダンジョンを出たときは夕方になる少し前くらいだったため、ギルドに行っても混雑してなかったからよかった。もしモアに報告するときが混雑する時間帯だったら、待っている間にギルドで眠ってしまっていたかもしれない。

一晩よく寝たからか、身体や頭がスッキリと軽い。腹が減ったので宿の食堂に行くと、若者たちは既に朝食を済まして出ていき、また宿の朝食はもう終わったと告げられてしまった。

仕方ないと諦《あきら》めてギルドに向かいながら、開いている店で適当にパンを買って食べつつ、まずは裏ギルドを先に覗《のぞ》いてみる。

キックはもちろんだがパンチもおらず、代わりにダンク姐《あね》さんが受付に座っていて、俺が覗《のぞ》いているのに気がつき、手招きをしてきた。

「ミーツちゃん、昨日はありがとね。ミーツちゃんが行ってからしばらくして、あたしもお兄ちゃんのことをモアちゃんに聞いたけど、新しいダンジョンがどこにあるかなんて知らないから、仕方なく待っていたのよ。でも、お兄ちゃんたちもミーツちゃんも無事でよかったわ。今日はキックちゃんはお尻の治療でお休みで、パンチちゃんもお休みよ。キックちゃんのお尻の治療って、一体何したのかしらね、ふふふ」

「何を想像してるか分からないけど、ダンク姐さんの考えているのとは違うと思うよ」

ダンク姐さんはキックの尻のことについて勘《かん》ぐっているようだが、事情を知っている俺は、一応否定しておいた。

裏ギルドを出て、グレンのもとに向かうべく表からギルドに入ると、モアが入口を入ってすぐ脇のところで俺を待ち構えていた。

俺の姿を見たら、モアが他のギルド職員に手招きをし、みんな並んでギルドマスターと裏ギルドの職員を救ってくれたことに感謝を、と頭を下げた。ギルドはそこまで混んでいないが、何事だといった感じで他の冒険者に注目されてしまい、恥ずかしくて俺自身もペコペコと頭を下げながら、慌《あわ》てて二階に上がった。

いつものようにグレンの部屋に入ると、そこにはシオンもいた。

「おう、ミーツか。なんだか久しぶりな感じだな」

シオンが軽く手を挙げた。

「ミーツ、今回はご苦労だった。正直、ミーツが俺たちを追ってきてくれなかったら、今ここに座っているのは、ダンクかモアだっただろうな」

「グレン、今回って、俺の知らないところで何があったんだ？」

シオンに尋《たず》ねられたグレンが、俺が発見し攻略したダンジョンのことや、昨日俺がグレンたちを追ってダンジョンに行き助けたことなどを話す。すると、シオンは驚いた表情をした。

そして、なぜかどもりながら、どうせダンジョンの魔物が弱かったのだろうとか、ミノタウロスも大したことなかったのだろうと言う。しかしグレンは、そんなことはない、ミーツがいなかったら全滅していたと、強く否定する。

それを聞いたシオンは、どこか遠い目をして呟《つぶや》いた。

「ミーツは俺の知らないうちに、俺よりも強くなってしまったんだな。ミーツが俺とダンクを連れて国を出ると聞いたときは、護衛も兼ねて鍛《きた》えてやろうと思っていたんだが。もう俺は必要ないな」

「いやいやいや、護衛は必要なくても、シオンの得意としてるスキルとか、教えてほしいことはたくさんあるんだ。鍛《きた》えるといったら少し違うかもしれないけど、シオンは必要だよ！　それにシオンは、弟のことを調べるためにも国を出るんだし、そういう意味でもシオンは絶対にいなきゃいけないんだ」

「そ、そうか？　だったらついていくが……」

ようやく納得したらしく、シオンはほっとした顔をする。俺も安堵《あんど》してシオンとグレンの顔を見たところで、ふと思い出した。

「あ、そうだ！　シオンとグレンさんに聞きたいことがあったんだ。スキルって、ステータスに表示されたもので全てかな？　前にシオンのステータスを見せてもらったときに、元騎士団長なのに剣技や馬術がないことが、ちょっと不思議だったんだ」

「ミーツもとうとう、スキルについて疑問を感じるようになったか」

「シオンは、ミーツに隠れスキルのことを話してなかったのか？　だとしたら、俺が説明しよう。ミーツ、神の存在は信じるか？」

説明と言いつつ、グレンは唐突に神の話を始める。元の世界で同じ質問をされれば、信じてないと答えただろうが、ここは異世界だし、神がいてもおかしくないのではないかと思い、俺は頷《うなず》いた。

「そうか、それなら話は早い。隠れスキルとは、神の悪戯《いたずら》によって隠されたスキルのことだ。シオンに剣技や馬術のスキルがないのは、神の悪戯《いたずら》で隠されたからなんだ。隠れスキルを見たかったら、教会で神父にお願いするしかない。全ての人間に隠れスキルがあるとは限らないがな」

隠されたスキルがあるなんて知らなかった。

でも、聞かされてみれば、持っていて不思議じゃないスキルが表示されていないのも納得できる。ただ、まさか神が悪戯《いたずら》で隠しているとは。神はなんて暇人なのだろうかと呆《あき》れもした。

「じゃあ、ちょっと教会に行ってきます。シオン、教会の場所を教えてくれないか？　もしくは連れていってほしいんだけど」

「そうだな。グレンの用事も終わったし、一緒に行くか。ミーツ、教会で何かしてもらうときは寄付が必要なのは、もちろん知ってるよな？」

「やっぱり、そういうのが必要なのか？」

「当たり前だ！　そんなの常識だ。お前のいた世界では、タダでやってもらってたのか？」

俺は元の世界のことを思い返してみたが、記憶にあるはずもない。なぜなら――

「タダも何も、教会なんて行ったことないよ。俺の家は仏教だったから、教会に行く機会なんてなかったし、そもそも教会の数が少なくて、どこにあるかも知らなかったな」

「ぶっきょうってのは初めて聞いたが、お前のいた世界はそんなに教会が少ないのか。色々と進んだ世界のようで羨《うらや》ましいと思ったけど、教会もろくにないなんて可哀想に」

シオンはそう言って俺を哀れみの目で見つめ、ため息を一つついた。いや、世界中に教会がほとんどないというわけではない。誤解されたままではいけないと思い、弁解する。

「俺が住んでた地域にはなかったってだけで、別の国に行けば教会だらけだったりするよ。てか、俺がいた世界では色んな信仰があって、みんな色んな神を信じているんだ。俺の生まれ育った国では八百万《やおよろず》の神といって、自然のありとあらゆるものに神が宿っているという考え方もあるくらいでね。俺もそれについて勉強したわけじゃないから間違っているかもだけど、とにかく神という存在は一つではないってこと」

元の世界の神についての話なのに、シオンは顔を真っ赤にして怒り出してしまった。どうやらシオンには、信仰している神がいるらしい。

「なんだと？　神とは絶対神！　唯一だろうが！」

「そうだね、俺が悪かった。俺はシオンや他の人とこんな話題で言い争うのは嫌だからさ、シオンの言う通り、神は絶対神のみだよね」

「うむ……なんだか引っかかるが、分かればいい。俺は戦争で神の存在を強く感じたから、神の存在を侮辱《ぶじょく》されると憤りを感じるのだ」

どうやら怒りが収まったのか、赤くなっていたシオンの顔色が元に戻る。そして、グレンにまた来ると言って、一足先に部屋から出ていった。

俺がそんなシオンを追いかけようとしたとき、グレンに呼び止められた。

「ミーツ、俺に渡すものがあるのを忘れてないか？」

グレンの言うことに心当たりがなくて首を傾《かし》げたが、もしかしたらプリンが欲しいのかと思って、グレンの机の上に普通サイズのプリンを出した。

「うむ、これではないが、これはこれで受け取っておこう。他に思い出せないか？　ダンジョンと言えば思い出すか？」

「うーん、何でしょうね。グレンさんはミノタウロスの一撃で気を失っちゃったし、結果倒したのは俺ですし」

「そう！　倒したのはお前だが、そもそも俺がパンチとキックを率いてダンジョンに潜ったのは、あのミノタウロスが目当てだったからだ。実はな、お前にミノタウロス討伐の報酬として、国から貰《もら》う白銀貨を渡す予定だっただろ。しかし、あとから城のやつが、もう一体よこさないと金は支払わないと言い出したんだ。申し訳なかったから、お前に秘密で、俺たちで取ってこようとしていたのだが、まさかあんなに強いとは思わなんだ」

そういえば、なぜグレンたちがダンジョンへ行ったのか、その理由を知らなかったな。

「そうだったんですね。それを先に言ってくださいよ、秘密裏に動く必要なんてないんですから。でも、アレを収納できるだけのマジックバッグはあるんですか？」

「うむ、もちろん用意してある」

グレンは机の横にかけてあった鞄《かばん》を手に取り、その口を開けてこちらに向けた。

俺はそちらに向かって手を差し出して、ミノタウロスを思い浮かべながら自分のアイテムボックスから出す。すると、一瞬だけミノタウロスの頭が姿を現したものの、すぐに鞄《かばん》に吸い込まれるように消えていった。

「これでやっとお前に白銀貨を支払える。お前のギルド証に報酬を入れるから、しばらくギルド証を貸りるぞ。それと、明日の昼は街には出るなよ」

「はい、よろしくお願いします。明日って、何があるんですか？」

「明日はとうとう勇者の発表と、お披露目《ひろめ》のパレードが行われるんだ。まだ勇者は弱いそうだから、ただのお披露目《ひろめ》のパレードで終わるだろう。だが、もし城の王を含む関係者がお前や、お前が世話している子たちのことを覚えていて、姿を見られでもしたら、厄介《やっかい》なことになる可能性があるからな」

俺は、グレンがそんなにも俺とあの若者たちのことを心配してくれているのかと胸が熱くなり、深く頭を下げてお礼を言う。そして街へ出ないことを約束し、気をつけますと言った後、グレンにギルド証を渡す。そして、シオンとともにギルドを出た。

シオンと今までのことを色々話しながら、教会まで歩いていく。

シオンは魔力MP欠乏症が治った後、一人でこの国が所有するダンジョンにこもって、昔の感覚を取り戻したり、さらなるレベル上げに頑張《がんば》ったりしたらしい。

俺は俺で、護衛の依頼で出かけた件から話し出すも、ダンジョンを見つけて入った話あたりで、教会に到着してしまった。

「じゃあ、あとはお前一人でいいな？　子供じゃないんだ、一人でも大丈夫だろ」

シオンはそれだけ言うと、スタスタと宿のある方向に歩いていってしまった。

残された俺は教会の敷地に入り、ボロくてところどころ穴が開き、今にも崩れそうな教会の扉を開く。

そこは長椅子が両サイドに並び、奥に大きめの祭壇があるという、よくテレビや映画で見る教会そのものだった。ただ思い描いていた教会と唯一違ったのは、祭壇の上あたりに十字架が掲《かか》げられていないところだった。

中に入ってあたりを見回していたら、しわがれた声に呼び止められた。声のする方を振り向くとそこには、真っ黒なローブに似た服を着た、優しそうな老人が立っていた。

「こんな寂《さび》れた教会に何用ですかな？　お祈りでしたら、他にご利益がある教会を紹介しますぞ？」

「あ、いえ、お祈りではないのですけど。あなたは神父様ですかね？　俺は隠れスキルについて聞きたくてここに来たんです」

「ふむ、確かに私は神父です。隠れスキルの存在はどなたに聞いたんですかな？」

ギルドマスターであるグレンに聞き、友人のシオンという者にここの教会に連れてきてもらったことを話すと、神父は場所を変えましょうと言って、一つの扉の前に俺を案内した。

神父に促されるままに扉を開ければ、そこは木でできた丸椅子があるだけの、よく洋画などで見る懺悔室《ざんげしつ》みたいな部屋だった。

とりあえずその椅子に座ったら、神父は扉を閉めて出ていった。やがて別の扉が開く音が聞こえ、また閉まる音とともに、目の前にあの神父が姿を現した。

何のためかは分からないが、俺と神父の間には薄い板の仕切りがあって、その仕切りの顔の部分だけポッカリと穴が開いている。また、肘《ひじ》置きがあるらしく、神父はそこに自身の肘《ひじ》をつき、口を開いた。

そして、隠れスキルを見るためには教会に行くしかないことや、神父だからといって全ての人の隠れスキルを見ることができるわけではないということなどを教えられる。

一通り説明を終えた神父が、気持ちをいただきたいと言ってきた。俺は意味が分からず首を傾《かし》げると、彼が穴から手を差し出して指先をモゾモゾと動かしはじめた。これで俺も寄付のことだと気がついた。そこで、金貨十枚を、神父の手に置いた。

金貨を置いた神父の手が一瞬、その重みで下がる。神父は素早く手を引っ込めて俯《うつむ》き、金貨を一枚一枚数え出した。

明らかにニヤけている神父の顔を見つめていたところ、俺の視線に気づいたのか、ハッと顔を上げ、咳払《せきばら》いを一つしてから、恥ずかしそうに金貨を懐《ふところ》にしまい込んだ。

「あの～、多すぎました？　こういうときの寄付の相場って知らなくて」

「いえいえ、気持ちに上限などありませんからな。それであなた様はどこの貴族様でしょうかの？」

寄付の金額で俺を貴族だと思ったのか、神父はかしこまってそんな質問をしてくる。

「あ、俺は貴族ではないです。最近冒険者になったばかりのただのおじさんです」

「おや、そうでございましたか。お召し物が少々奇抜でしたし、このお気持ちの金額からして、貴族様かと思いましたぞ。最近冒険者になったばかりといっても、元々実力のある方なのでしょうな」

神父はウンウンと一人頷《うなず》いている。元々最弱と言っていいほどのステータスだったことは黙っていよう。

俺が黙ってひたすら神父を見つめていたら、彼は恥ずかしそうに額の汗を袖で拭《ふ》いて、また咳払《せきばら》いを一つした後、目を瞑《つむ》るよう促してきた。言われるままにすると、神父が俺の頭に手を載せた。

「神よ。この者の全スキルの開示をお頼み申し上げます。我は聖職者、神のしもべでございます」

神父が神に祈りを捧げているうちに、頭が熱くなっていき、目を瞑《つむ》っているのに瞼《まぶた》の裏にズラッとスキルの一覧が現れた。


戦闘系スキル、補助スキル、生活スキル、魔法系スキル、職人スキル、その他スキル

現れたスキルの中で、試しにその他スキルを集中して見てみると、指導：20という表示が現れた。

そういうことかと思い、次に戦闘系スキルを集中して見たら、またもスキルがズラッと現れた。

剣技：30、短槍技：50、槍技：30、格闘技：30、デコピン：20、投擲：30、二刀流、片手持ち、両手持ち

つまり、これらが隠れスキルということだろう。

デコピンは格闘技に含まれないのかと不思議に思いながら、一つずつ見ていく。そこでふと、今この一覧の中に入っていない武器を手に取って振っていれば、もしかしたら、該当するスキルを得られるのではないだろうかと思った。

だから、目を瞑《つむ》ったまま神父にこの教会に武器はあるかと聞くと、教会という場所柄、殺傷能力が高い武器はないが、メイスや棒ならあると教えてくれた。そこで俺は、どちらかを借りたいと頼んだ。そして、目を瞑《つむ》ったまま小部屋から連れ出してもらい、棒状のものを受け取った。

「教会を出なければ、しばらくの間は目を開けても隠れスキルを再確認できますよ」

神父がそう教えてくれた。

目を開けて手に持った武器を見たら、メイスだった。そのメイスを、教会のスペースのある場所で何度か振り回す。

そして再度、目を瞑《つむ》って隠れスキルを確認すると、鈍器：1と出た。これで、隠れスキルに載っていない武器を使用することで、新たにスキルを得られるのが確認できた。

続いて魔法系スキルを確認したが、そこには何も書かれていなかった。補助スキルも今のところ何もなかった。俺はそこで見るのをやめて、神父にもう大丈夫だとお礼を言って帰ろうとしたところで、彼に呼び止められた。

「多額のお気持ちをくださったあなたには、一つスキルについてお教えしましょう。隠れスキルの中には、さらに隠された特別なスキルというものが存在します」

「特別なスキルですか？」

「ええ。それは、そこらの教会では見られないものです。とある大国で見てもらう以外に、確認ができないとされています」

なるほど、そんなスキルがあるのか。機会があれば是非《ぜひ》見てもらいたいものだが。そんなことを考えていると、神父が言葉を続ける。

「ところでもう遅いですし、粗末なものしか出せませんが、我が教会でお食事でもしていきませんかな？　多額のお気持ちをいただいたお礼をさせてください」

神父の言葉に窓の外を見れば、夕日で空が赤く染まっていた。神父の誘いを断る理由もないので、ごちそうになりますと言う。すると、神父は笑顔のまま俺を案内してくれた。

「ところであなた様は、ポケという少年はご存じですかな？」

「ええ、知ってますよ。ポケの兄であるモブと、あとビビも知ってます」

「おお！　ではやはり、あなたがポケたちが慕《した》っているという、師匠のミーツさんなのですな！あの子らの話していたミーツさんの特徴があなたに近かったので、もしやと思っておりました」

あいつら、ここでも俺のことを師匠と言っているのか。

「神父様は、ポケたちと知り合いなんですね」

「あの子らは、教会に併設している孤児院の子らと親交がありまして、以前からよく面倒を見てくれておったんですが、ここ最近、教会に気持ちや食料になる魔物をくれることが増えましてな。理由を聞くと、師匠であるミーツさんにとても世話になって、強くなれたのだと。一度お会いしてお礼を言いたいと思っておったのですよ。ご存じの通り、モブたちは孤児で、路上生活をしていた子。生きるためには罪を犯すことも厭《いと》わなかったんです。それは、冒険者になっても変わらなかった。しかし最近になって、そんな行動が著《いちじる》しく減ったばかりか、気持ちや食料を頻繁《ひんぱん》にくれるようになって、嬉しく思っておったのですよ」

モブたちがそんなことをしていたなんて、全然知らなかった。俺はあの子たちの行動を嬉しく思うと同時に、孤児院にもいられない路上生活の子供たちのことを考えてしまった。

「たとえば、路上生活をしている子供たちを、教会の孤児院で受け入れてもらうことはできないんですかね？」

俺が尋《たず》ねると、神父は困ったように眉尻《まゆじり》を下げ、本当は受け入れてあげたいが、これ以上子供の数が増えると全員を食べさせてあげられない、と言った。しかし、路上生活をしている子たちには、時々だが炊《た》き出しを行《おこな》っているという。

「今まで何もしなかったわけではないのです」

神父はそう語気を強め、しかし、すぐに失礼しましたと言って咳払《せきばら》いをしてから、通路の先にある扉を開けた。

第三話

扉の先にまた扉があって、その先の部屋には大きな長テーブルがいくつかと、テーブルを囲うように長椅子が置かれていた。そして子供たちが、パンの載った皿やスプーンをテーブルに並べている。何もせずにバタバタと走り回っている子供もいた。

「コラァ！　シスターたちの手伝いをしろと毎回言っておるだろうが！　……お恥ずかしいところをお見せしまして、失礼しました」

先程、神父が語気を強めたときも驚いたが、五〜七歳ほどの幼い子供たちを大声で叱《しか》る姿にも驚いた。

しかし、神父が怒鳴《どな》るのは日常茶飯事なのか、怒られても聞く耳もたずといった様子の子供たちに、彼は苦笑いをしている。

神父は少々お待ちくださいと言って、食堂から退出し、俺は一人残されてしまう。子供たちは見知らぬ大人がいることを怪しんでいるのか、俺に近寄ろうとはせず、遠巻きにこちらを睨《にら》んでいた。

少し寂《さび》しかったが、仕方ないと思い直し、とりあえず壁に寄りかかって神父を待った。

そして数分後、戻ってきた神父が子供たちと俺を交互に見て状況を察したらしく、食事にしましょうと言って、俺に長椅子に座るよう勧めてくれる。神父は俺の隣に座り、子供たちも各々座った。

それぞれの前に茶色いスープが並べられていく中、三歳くらいの女の子が突然、俺の服を掴み、膝の上に座ってきた。なんだろうと思いながら女の子を膝から下ろし、俺は横にずれて、神父の隣に女の子を座らせる。

だが横にずれた俺を追いかけるように、女の子は長椅子の上を歩いて、再び俺の膝の上に座ってしまう。どうしたものかと神父を見たら、いつも自分の隣にはシスターが座り、そのシスターの膝の上に幼い子が交代で座って食事を取るのだと教えてくれた。

俺は女の子を下ろすのを諦《あきら》め、テーブルに直接置かれた硬そうなパンを手に取ろうとする。そのとき、神父が手を組んで神への祈りを始めたので、慌《あわ》ててそれに倣《なら》う。

神父の祈りが始まると、大人しく座っていた子供らとシスターが、彼の言葉を復唱する。最後の言葉が終わったところで、それが食事を始めていいという合図なのか、子供らが一斉にパンを頬《ほお》張《ば》ったりスープに口をつけたりしはじめた。

なんの具が入っているか分からない茶色いスープに顔を近づけてにおいを嗅《か》ぐと、土のような香りがする。おそるおそるスプーンですくってみると、やっぱり土が入っているのではないだろうかと疑うような、茶色のドロドロの塊《かたまり》が出てきた。

とはいえ、俺も最近でこそまともな食事が取れるようになったが、この世界に来た当初は、残飯やとても食べ物とは言えないようなものばかり口にしてきた。それを思い出すと、このスープは十分すぎるくらいの食事だ。

スープを啜《すす》ってみると、見た目と違って土の味はしないものの、微妙に野菜らしき味があるだけで、正直美味《おい》しいものではない。

神父はパンをスープに浸して食べていた。なるほど、こういう食べ方が正解かと納得し、神父と同じようにしてみる。しかしパンはガチガチに硬くて、スープに浸してもパンがスープを吸い込まないので、どうしたらいいものかとパンとスープを見つめた。

「これも神が与えたる修行ですぞ。これを食すことによって顎《あご》が強くなります。それに、これを食すことによって、他の食べ物が美味《おい》しく感じることでしょう」

俺の様子を見た神父は、シスターに聞こえない声量でボソボソと語りかけてきた。

「あ、やはり神父様も、これについて思うところがあるんですね」

「はい。しかし食材を豊富に使えるほど裕福ではなく、それどころか傷《いた》みかけの野菜を安く買ったり、無償でもらってきたりしていますから、贅沢《ぜいたく》は言えませんな」

「なるほど。ということは、きちんとした食材があれば、美味《おい》しい料理が食べられるというわけですね？」

「もちろんです。ですが、そんな新鮮な食材を買えるだけのお金があれば、ここに使うより先に、街で飢《う》えている子供たちのために炊《た》き出しをします。先程ミーツさんがくださった多額のお気持ちも、大切に使わせていただきますよ」

「それなら、ここにいる子たちと街にいる子たち、どちらにも食べてもらえるように、売る予定のない魔物を提供しますね。えーとシスター、ちょっと魔物を出しても大丈夫な広い場所に案内してもらっていいですか？」

俺はシスターに声をかけた。ここには、神父と変わらないくらいの年齢である老婆のシスターと、まだ二十歳にも満たないであろう若いシスターの二人しかいないようだ。

老婆のシスターが立ち上がると、若い方も遅れて立ち上がって、老婆の後をついていく。俺もそんな彼女らについていった。そして、教会の内庭に案内された。

内庭はさほど広くはないが、牛魔を一体出しても大丈夫なスペースはある。しかも、庭の中央あたりには井戸もあった。

「ここなら外からは見えないですし、何を出されても大丈夫ですよ」

老婆は微笑《ほほえ》みながら、俺が何の魔物を出すのか分かっているかのような口ぶりで言った。

俺が牛魔をアイテムボックスから出し、牛魔の上にオークを重ねて出すと、いつの間にか俺の後ろについてきていた子供たちがどよめく。そして、牛魔を見て泣き出す子と、肉を食えることに素直に喜ぶ子とで分かれた。

「あらあら、本当にたくさんのお肉ですね。神父様、明日にでも炊《た》き出しを行いましょう。私はこれを解体しますので、着替えて参りますね」

老婆のシスターはそう言うと、この場を離れた。

「そうですね。ミーツさん、ありがとうございます。せめてこの魔物の皮や爪は、換金してお返しします」

神父がそんな提案をしてきたが、それを断り、それらのお金は教会や孤児院のために使ってくださいと答えると、彼は涙目になって、俺の手を握り何度もありがとうと言った。

「ほらね、神父様。師匠は大きな人だから、きっと孤児院のために力になってくれるって言ったでしょ」

いつここに来たのか、ポケがいつの間にか子供たちの背後に立っていて、握手をしている俺たちに声をかけてきた。

子供らもポケに懐《なつ》いているようで、彼が現れた途端、ポケ兄ちゃんと呼びながら、わちゃわちゃと群がった。

「実は、夕方からポケが来てくれていたんですよ。食事の前に席を外したとき、ポケから、食事の後に現れてミーツさんを驚かすから黙っていてほしいと頼まれましてな。黙っていて申し訳ないです」

神父がそう教えてくれた。

「あ、いえ、狙い通り驚きましたよ。ポケは頻繁《ひんぱん》にこちらに来ているんですか？」

「うん、来てますよ。ここには僕の弟分や妹分の子たちがいますから。それに、兄ちゃんや僕がもっと小さいときに、神父様にたくさん助けてもらいましたから」

俺は神父に尋《たず》ねたつもりだったが、神父が答える前にポケが答えた。ポケは、モブとビビがいてこそではあるが、冒険者として食っていけるようになったので、恩返しをしているのだろう。

「ミーツさん、今日はもう遅いですし、ポケとともにここに泊まられてはいかがですかな？」

「いや、今日は宿にいる同郷の子らに伝えなければならないことがあるので、帰ります」

「えー、師匠泊まらないんですか？　だったら僕も、今日はやめておくかな」

ポケがそう言い出した途端、彼の周りに集まっていた子供たちが一斉にブーイングを始める。

「あらあら、何を騒いでいるの」

そこへ、老婆のシスターが農作業にでも出かけるのかといった服装で現れた。全身茶色のつぎはぎだらけの服で、これでクワでも持っていたら、本当に農家の人にしか見えないだろう。

ただ、今回シスターが持っているのはクワではなく、よく切れそうなナタと斧である。

神父から事情を聞いたシスターは穏《おだ》やかな表情のまま、「我儘《わがまま》を言わないの！」と子供たちを諭す。子供たちは黙って俯《うつむ》いた。

「では、さっさと解体してしまいますね」

シスターは折れ曲がった腰を伸ばすと、ナタと斧を器用に動かしながら牛魔を解体していく。その様子は手慣れたもので、動きはゆっくりなのに無駄がなかった。

ずっと見ていたい気持ちがあったが、神父に肩を叩《たた》かれて促されたので、室内に戻った。その後、神父にどうしても泊まっていってほしいと懇願され、仕方なくそうすることにした。

それによりポケも泊まることが決定し、子供たちが嬉しさで再度騒ぎ出すが、内庭で解体作業をしているシスターのうるさいという一言でピタッと口をつぐむ。しかし、よほどポケが泊まるのが嬉しいのか、声を潜めてヒソヒソ喜んでいる姿に、ポケはこの子らに普段からとても慕《した》われているのだと分かった。

「師匠、師匠が同郷の人に何か伝えたいことがあるなら、僕が行ってきますよ。裏道とか、大人が通れない道とか知ってるから、僕が行けばあっという間です」

若者たちへの伝言は、朝早くにここを出れば大丈夫だろうと思っていたのだが、ポケに頼むことにした。

だが頼むにしても、どう伝えたらいいものか。少し考えて、紙に書いて宿の女将《おかみ》に渡してもらうのが一番かと思い、コートの内側に手を入れて取り出すふりをしながら、想像魔法で数枚の紙と鉛筆を取り出した。

神父に、誰にも見られずに手紙が書ける場所はないかと尋《たず》ねると、隠れスキルを見た教会内の懺《ざん》悔《げ》室《しつ》を使うといいと教えてくれた。そして、今にも消えそうなローソクが載った燭台《しょくだい》を借りて懺悔《ざんげ》室《しつ》に入り、まずは何も考えずにスラスラと、明日勇者が街をパレードすると書いたところで、手が止まった。

固定スキルに文字変換があるが、たった今書いたこれは、この世界の人にも読める文字なのではないかと思ったのだ。そこで別の紙に、日本語を意識して同じ文章を書いてみた。二枚の紙を、最初の一文だけ見えるように折り曲げて神父に見せると、最初に書いた方の文字は難なく読めて、日本語を意識して書いた方は読めないとのことだった。俺の予想した通りだった。

最初に書いた紙は二度と取り出せない異空間に捨てて、神父が読めなかった方を丁寧にたたみ、ポケに預けた。

「じゃあ師匠、さっさと行って、帰ってきます。前に兄ちゃんが掴みかかった人たちがいれば、直接渡していいんですよね？　で、いなかったら女将《おかみ》さんに渡せばいいんですね」

俺がポケに頷《うなず》き、よろしく頼むと言うや否や、彼は孤児院の勝手口から出ていった。

残された俺はこれからどうしたらいいものかと思ったが、それはすぐに解決した。

ポケに何か言われていたのか、子供らが俺の手を引っ張って食堂に連れていく。そして俺は長椅子に座らされ、子供たちから代わる代わる肩を叩《たた》かれたり揉《も》まれたりと、小さな手によるマッサージのもてなしを受けた。

小さな手による肩揉《も》みやいい力加減の肩叩《たた》きが心地よくて、思わずあーっと唸《うな》りながらマッサージを受けていると、ポケが帰ってきた。

「あ、みんな師匠にマッサージしてるね。偉い偉い」

ポケは小さな弟分妹分たちの頭を撫《な》でていく。そんなポケを微笑《ほほえ》ましく眺めていたら、先程食事のときに俺の膝に座った女の子が、俺の指を握って見上げてきた。

何を言わんとしているか分かった俺は、女の子の頭を撫《な》でてやる。すると、それを見た他の子たちが女の子の後ろに並びはじめた。ポケに撫《な》でられていた子らも並び、三十人はいるのではないだろうかという行列ができた。

その中にはポケがいて、さらに最後尾にはなぜか若い方のシスターもいることに気づき、首を傾《かし》げて見つめていたら、シスターは恥ずかしそうに俯《うつむ》いてしまった。

子供らに、マッサージが気持ちよかったとお礼を言いつつ撫《な》でていく。ポケの番になったところで、なんで並んでいるのかと聞いたら、師匠の伝言を宿の女将《おかみ》に渡してきたからだと言われ、仕方なく撫《な》でてやる。

そしてシスターの番になったところで、彼女にも並ぶ理由を尋《たず》ねてみると、頑張《がんば》った子は師匠に褒めてもらえるとポケに聞き、自分も料理を頑張《がんば》ったから、とのことだった。

確かに味はともかく、シスター二人だけで総勢三十人と俺の分の食事を作ってくれたのは頑張《がんば》っていると思う。俺が彼女の被っている頭巾《ずきん》に手を入れて頭を撫《な》でてやれば、よほど嬉しいのか目を細めて喜んだ。

そんな彼女の頭を撫《な》で終わり、立ち上がろうとしたとき、彼女の後ろに再び子供らが並んでいた。もしやこの頭を撫《な》でる会はエンドレスなのだろうか、と思っていたら、解体を終えた老婆のシスターが食堂に戻ってきて、手をパンパンと叩《たた》いた。

「はいはい、もう終わりよ。ミーツさんはお疲れなのだから、撫《な》でてもらうのは一度だけにしておくの！　あらあら、食べた食器がそのままじゃないの。みんなで片づけましょう！　そうしたらまた寝る前にでも撫《な》でてもらえるかもしれませんよ？」

シスターの言葉で、子供らは一斉にテーブルの上の食器を手に取り、内庭に持っていった。

内庭を見ると、綺麗《きれい》に解体された皮と肉が隅に置いてある。子供たちは井戸の周りに集まり、ポケが汲《く》んだ水を使って、みんなで笑いながら食器を洗っていた。その姿をまたも微笑《ほほえ》ましく眺めていたら、俺の隣に神父が来た。

「あの子らの笑顔を久々に見ますな。ポケが来た日は笑顔が増えますが、それでもみんなではないですから。……ミーツさん、少々相談に乗ってもらえませんか？」

　神父がそう言うので、俺は彼とともにその場を離れようとする。すると老婆のシスターが声をかけてきた。

「あらあら神父様。ミーツさんにあのことを頼むおつもりですか？　でしたら、私もご一緒した方がよろしいでしょうね」

　俺たちは一緒に食堂を退出して、神父の執務室に入った。

　小さめの机と椅子があるだけの執務室は木板が腐《くさ》っているのか、床が軋《きし》んで足が少し沈んだ。神父がそんな床の上を慣れたように歩いて自身の机に手をつくと、彼を中心にそよ風が部屋中に吹き、床の軋《きし》みと沈みがなくなった。

「さて、この部屋には薄い結界を張りました。これで、扉の前で聞き耳を立てられることもなくなりましたので、相談に入らせていただきます」

　深刻な表情をした神父はそう言ったあと沈黙し、しばらくして重い口を開いた。

「ミーツさん、この街にある孤児院の数は、少なすぎると思いませんか？」

「えと、少なすぎるというと？　どのくらいあるのでしょうか？」

「……ああ、ミーツさんも孤児には関心がないタイプの方でしたか。でしたら、もう話すことはありません」

神父は急に険《けわ》しい表情になり、吐《は》き捨てるように言った。そして、扉に向かって歩き出す。

「シスター、ミーツさんに相談することは間違ってました。今日は食材とたくさんのお気持ちをありがとうございました。今夜泊まられたら早朝、子供たちが起きる前にでもお帰りください」

「あらあら神父様、いつもの悪い癖《くせ》が出てしまいましたね。そう結論を出すのは早計ですよ。まずはミーツさんの質問に答えるべきではありませんか？　ミーツさんは冒険者とのことですし、この国の方ではなく、最近他国から来たばかりなのかもしれませんし」

部屋を出ようとする神父に、シスターが宥《なだ》めるように言う。神父は少し考えた後、再び自身の机に戻って話し出した。

「そうですね。確かにあなたの言う通りです。失礼しました、ミーツさん。では、まず質問に答えるとしましょう。孤児院はこの街に、ここを入れて全部で三つあります。しかし、その三つとも満員以上の状態で、路上生活をしている孤児を受け入れたくても受け入れられません。他に孤児院を作ろうにも作るだけの資金と、それを維持するだけのお金もない。ですので、ミーツさんのできる限りのお気持ちでいいので、援助をお願いしたいのです」

なるほど。神父は俺の寄付した金額や提供した魔物を見て、俺なら援助する余裕があるだろうと考えたようだ。

俺も孤児を助けたいし、神父の切実な願いに応《こた》えたいと思うが、はたして金銭を援助しただけでこの問題を解決できるのだろうか。

「援助は喜んでしたいのですが、お金だけを渡したところで、焼け石に水ではないですか？」

俺の言葉に、神父とシスターともに首を傾《かし》げる。

「焼け石に水、とは？」

そうか、これは元の世界のことわざだった。

俺が、焼けた石に少しばかりの水をかけてもすぐ蒸発《じょうはつ》してしまうことから、少しの援助ではなんの役にも立たないことのたとえだと説明する。すると、シスターが、このあたりの言葉でいえばゴブリンに香水ですね、と答えた。

ゴブリンに多少の香水をかけても臭いままだというたとえだとか……

若干違うと思ったものの、伝えたかったことはどうにか伝わり、神父とシスターは頭を抱えて悩み出した。そこで俺はある提案をしてみる。

「いっそのこと、神父様たちが王都中の孤児を連れて外に出て、畑を作り、自給自足をしてみてはどうですか？　もしくは、孤児院にいる子供たちをギルドに登録させて、ある程度大きくなったら働いてもらうとか」

しかし、神父は難しい顔をして首を横に振った。

「ゾロゾロと孤児らを連れて移動したら、すぐに魔物の餌食《えじき》になってしまいます。それに、塀《へい》のある安全な場所でないと魔物に襲われますから、生活していくのも無理です。孤児院である程度育った子は既にギルドに登録させて働いてもらっているのですが、それでも稼ぎは日々の質素な食事代で消えてしまう程度です。多く稼ごうと外に魔物を倒しに行った子らのほとんどは、そのまま帰ってこないか、帰ってきても深い傷を負っていて数日で亡くなります」

確かに、まだ弱い子供たちが生活をするには、ある程度安全な場所じゃないといけない。当たり前のことだが、食料が手に入るだけではダメなんだな。

振り出しに戻ってしまい、神父と俺が黙り込むと、突然シスターが声を上げた。

「神父様！　私、子供たちを連れていく場所に心当たりがあります。塀《へい》のある場所という神父様の言葉とミーツさんを見て、思い出しました。私が育った村なんですが、おそらくまだあると思います。ミーツさん、その手首に巻かれている布はいつ頃、どうして巻くことになったのか、差し支《つか》えなければ教えていただけませんか？」

特に隠すことでもないので、最近、裏ギルドの受付にいるパンチという男性に巻いてもらったことを伝えた。

「最近ですか。その男性はおいくつくらいでしょうか？」

パンチの正確な年齢は知らないけれど、風貌を覚えている限り教えたら、そうですかと一言返ってきたあと、シスターはしばらく考えるような様子を見せ、再び口を開いた。

「その方は、今の時間も裏ギルドにいらっしゃるのでしょうか？」

「今日は休みでどこにいるか分かりません。どこにも外出してなければ、ギルドの寮にいると思いますよ？」

「では、裏ギルドに行っても会えないのですね。このようなことは、早めに行動したいと思っていますのに」

彼女は明らかに肩を落とした。シスターは一体何が言いたいのだろう？

「あの～、シスターの育った村とパンチは、どのような関係があるんですか？」

俺は彼女がなんでそこまでパンチが気になるかを聞いてみたら、俺の手首に巻かれた布切れが理由だった。

彼女の育った村では、家族や大切な人の手首に、自分の布を巻きつけることによって、安全祈願をするという。それで、パンチがシスターの育った村の出身かもしれないと思い、だとしたらいつ頃村を離れたのか、離れたときの村の状況などを聞きたかったそうだ。

「なるほど。シスター、その村は安全なんですか？　近くに魔物は出ないんですか？」

「魔物は出ますが、こちらから近づかなければ、それほど危険なものはおりません。他の魔物も、森の深いところにさえ入らなければ襲われることはないです。といっても、私の若い頃の話ですが」

「それでは、パンチが確実にいるかは分かりませんが、今からギルドの寮に行ってみますよ。それで、もし彼がシスターと同じ村の出身で、今もその村が安全だとしたら、どうされますか？」

「そうですね。できれば、孤児の子たちを連れていきたいと思います」

彼女はまっすぐ俺を見つめて、自身の考えを伝えてきた。それに神父も同意したものの、その村に行くまでの食料や護衛を考えたら実行は難しいと言って、また頭を抱えてしまう。

「神父様、俺の職業を忘れてはいないですか？　俺は冒険者です。俺が護衛をしますし、他にも冒険者をたくさん雇ったらいいんですよ。そのための資金は援助させていただきます」

俺もできる限り協力したい。神父が希望が見えたような明るい表情になったので、俺はさらに提案をしてみた。

「どうせなら、この王都にいる全ての孤児と、孤児の世話をしてくれる人にも声をかけてみた方がいいですね。その中で移住を希望する人がいれば、一緒に行ってもらうことにしましょう。実はここだけの話ですが、明日、違う世界から召喚された勇者のお披露目《ひろめ》パレードがあるらしいです。それで、いつ頃になるかは分かりませんが、国王は近々戦争を起こすそうです。これはギルドマスターに聞いたことなので、信憑性《しんぴょうせい》は高いと思います。そうなると、この街も危険になるでしょう。神父様とシスターを信用して話したことですから、くれぐれも他言しないようにしてください」

俺の言葉に神父は目を見開いたまま、喉をゴクリと鳴らした。シスターも口に手を当てて驚いている。

「では、これからギルドの寮に行ってみますので、部屋の結界を解いてもらえますか？　それと、早めに行動するなら金が必要になるでしょうから、ついでにギルドに行って金を引き出してきます。ああ、戦争になるにしても、明日明後日の話ではないと思いますから、まだ時間に余裕はあるはずです。だから、孤児院の子らはもちろんのこと、路上生活をしている子たちも連れていくつもりで、準備をしてもらえませんか？　あの子たちも、いい子ばかりです。ただし、移住したら生活環境がガラリと変わりますから、一人ひとりに王都に残りたいか、移住を希望するかを、モブたちにも手伝ってもらって、聞いて回ったらどうだろうと思いました」

神父は、ありがたい話ではあるが、なんでそこまでしてくれるのかと聞いてきた。

「実は子供が好きなんですよ」

俺がそう言ったら、二人はクスクスと笑い出した。

「食事のとき、膝に乗ってきたあの子を下ろしていたので、てっきり子供が苦手だと思ってましたよ。それでは、ミーツさんに甘えます。護衛もミーツさんにお任せします。私たちは明日から、ミーツさんにいただいたお気持ちを使って、移動のための食料などを買います」

「いえ神父様、神父様たちは孤児の説得や、移住希望の住人の勧誘に専念してください。じゃあ俺は出ますので、詳しい話は明日以降ってことでお願いします」

「ギルドの寮に向かうのでしたら、私もついていった方がいいでしょうね。ミーツさんが先にギルドに寄られるのでしたら、その間、私はギルドにいる私のお師匠様に挨拶《あいさつ》をしてきます」

一人でさっさと行ってくるつもりだったが、断れなくて仕方なくシスターと一緒に行くことにする。神父の執務室を退出したら、子供たちとポケが扉の前に集まっていた。

「あ、師匠、中で何を話してたんですか？　全く聞こえなかったけど」

「ふふふ、本当にポケはミーツさんのことを慕《した》っているのですね。中で何を話していたかは、近いうちに分かりますよ。私たちはこれから少し出かけますから、あなたたちは先に寝なさい」

シスターにさあ行きましょうと言われるが、ポケと子供たちに、師匠も一緒に寝ようよと、悲しそうな顔で見つめられた。

「俺も泊まるは泊まるけど、みんなはシスターの言う通り先に寝てなよ。俺も帰ってきたら一緒に寝るからさ」

そう言ってポケと子供たちの頭を撫《な》でてやり、シスターとともにギルドに向かうべく外へ出た。

「ところで、シスターの師匠とは誰なんですか？」

先程の、師匠に挨拶《あいさつ》に行くという言葉が気になって聞いてみると、彼女の師匠はまさかの、解体場の主であるボンガだという。なるほど、内庭で魔物を解体する彼女がなぜあんなに無駄のない動きだったのか、その理由が判明した。

シスターと別れてギルドに入ったら、モアが目の前にいた。今から帰るそうなので、俺はお疲れ様ですと言いながら、頭を下げてギルドの受付に向かおうとした。すると、彼女に腕をつねられた。

「ミーツさん、その子はミーツさんのお子さんですか？」

彼女は笑顔だが、何やら怖い雰囲気《ふんいき》で、下に向かって指をさす。彼女の指さす先をたどって見てみると、孤児院にいた三歳ほどの小さな女の子が、俺のズボンの裾《すそ》を握っていた。

「あ！　ここまでついてきちゃったのか。あー、どうしよっか、さすがにこれから連れ回すわけにもいかないしな」

全然気づかなかった。俺たち大人の歩く速度に、よくついてこられたもんだと感心してしまう。

「モアさん、孤児院の子ですよ。さっきまで俺も孤児院にいたんですが、そこのシスターと一緒にここまで来たんです。彼女は解体場にいるんで、この子を預けてきますね」

「あ、孤児院の子ですか……でも、シスターって若い人ですよね？　あの可愛《かわい》いシスターがいる教会の孤児院に行ってたんですか？」

「うーん、モアさんが何を言いたいのか分かりませんけど、一緒に来たシスターは、それなりに年を取られた方ですよ」

モアは、よかったです、とギリギリ聞き取れる声量でボソリと呟《つぶや》いた。何がよかったんだ。

「ところでミーツさん、こんな時間にギルドになんのご用ですか？」

「ちょっとまとまった金が必要になったから、ギルドに預けている金を下ろしたいんですよね。魔物分の入金がまだなら、ある分だけでいいんで」

「私、もう帰るところだったんですが。しょうがないですね。調べてきますよ」

彼女は、受付の中に入っていった。そのとき、モア先輩もう上がりじゃなかったですか、と同僚らしき人の声が聞こえた。モアはすかさず、あの冒険者の用事を終わらせたら帰ると返事をした。

すると、何人かの受付嬢の、趣味悪！　とか、本気ですか？　とかいう会話が聞こえてきた。俺はこの場にいるのが気まずくなり、ついてきてしまった女の子を、先にシスターのもとに連れていくことにした。

女の子を抱きかかえて解体場に行くと、シスターは驚いたものの、ついてきてしまったなら仕方ないと、俺の手から女の子を受け取った。そして、もう少し師匠と話しますから待っててくださいと言われたので、俺はギルドに戻る。

受付に戻ると、引きつった笑顔のモアがおり、その周りに他の受付嬢たちが集まっていた。

「ミーツさん、冒険者になられたばかりなのに凄《すご》く稼がれてますね。ミーツさんにお貸しした白銀貨を差し引いても、今のところ白銀貨だけで四千枚と少々ありますが、これら全額下ろされますか？　黒金貨に換算すると、黒金貨四十枚になりますが」

黒金貨という初めて聞く通貨が出てきたが、白銀貨よりもずっと価値があるということは分かる。使い勝手がいいように、金貨と銀貨、銅貨を数千枚ずつ下ろすことにした。マジックバッグに入れると伝えて、鞄《かばん》の中にジャラジャラと落としてもらい——こっそりその中にアイテムボックスを展開させて、そこに金を入れていった。

モアの周りに集まっている受付嬢たちから突然、モア先輩とはまだ恋人同士ではないのでしょう？　それなら私はどうですか？　と交際の申し込みがあった。だが、モアの一喝《いっかつ》で受付嬢たちは散り散りに逃げていった。

「ああいう子たちがいますから、お金は見せびらかさないようにしてくださいね」

モアは不機嫌そうに言って、受付を出て出入口へと向かう。

俺もこれ以上ギルドに用はないため、モアの後を追うようにギルドを出ると、眠っている女の子を抱きかかえたシスターが俺を待っていた。

「すみません、お待たせしました。ではギルドの寮へ行きましょう」

彼女とともに寮に行くと、運良くパンチは部屋にいた。俺が間に立ってシスターをパンチに引き合わせると、彼女はパンチと込み入った話があるからと言って。部屋から俺を追い出した。

仕方なく一人で寮の廊下で待つこと数分、シスターとパンチが笑顔で部屋から出てきた。どんな話をしたのかは分からないが、満足のいく結果になったようだ。

そうして俺たちは孤児院に帰った。ポケと他の子供たちが雑魚寝《ざこね》しているところへ案内されたので、すっかり眠ってしまっている女の子を抱きかかえたまま、俺も床の隅っこに寝転がった。

第五話

翌朝、目を覚ますと、女の子はまだ俺の腕の中でぐっすり眠っていた。そして、なぜか俺の身体の上では、女の子と同じくらいの年頃の男の子が眠っていた。

二人を起こさないように床に下ろそうと試みるも、服をしっかりと掴まれていて無理そうだ。俺は諦《あきら》めて、二人の子供を抱きかかえたまま食堂に向かう。すると、昨晩はなかったいい香りが、食堂いっぱいに漂っていた。

「ミーツさん、おはようございます。もう起きられたんですか。さすが、現役冒険者は朝が早いですね。あらあら、随分と懐《なつ》かれていますね」

「あ、シスター、おはようございます。シスターこそ昨晩は遅かったのに、俺以上に早く起きているじゃないですか」

老婆のシスターと朝の挨拶《あいさつ》をする。シスターは俺の胸でスヤスヤと眠る幼児を見て、微笑《ほほえ》ましそうに笑った。

少し立ち話をしていると、厨房からお婆ちゃん手伝ってという声がかかった。シスターが「あらあら」と言いながら、俺に頭を下げて急いで厨房に入っていく。

残された俺は二人の幼児を抱きかかえたまま、内庭に外の空気を吸いに行った。そこで、昨日の魔物の解体で落ちた血が、地面に染みついていることに気づく。

しかし、シスターの腕がいいからか、さほど広範囲ではない。さすがボンガの弟子なだけあると思いながら、想像魔法で、地面の血を周りの土と変わらないように変化させた。

——と、急に抱きかかえている幼児の身体が急に温かくなった。嫌な予感がして、すぐに俺の腹部から腕にかけて生温かいもので湿《しめ》ってきた。そう、二人の幼児は漏らしてしまったのだ。

「あーあ、やっちまったか」

俺が呟《つぶや》いたら、その声のせいか、それとも自身の下半身が濡れたからか、二人は目を覚ました。

目を擦《こす》りながら俺の顔を凝視《ぎょうし》したのち、輝くような笑顔を見せたことにより、濡れた服なんてどうでもよくなってしまう。俺自身の服と漏らした幼児たちを想像魔法で乾かして、ついでに臭いと汚れも消えるよう想像しておいた。

「あー、師匠。起きたらいなかったから、もう帰っちゃったのかと思いましたよ」

服も乾かし、今日もいい天気だなと空を見上げていると、髪に結構な寝癖《ねぐせ》をつけたポケが内庭にやってきた。

「あれ？　師匠、この子たち漏らさなかったですか？　他の子も漏らすけど、この二人はひどいんですよ」

「そうなのか？　じゃあ、今日は運がよかったんだな」

想像魔法で服を乾かし臭いも消しているからいいだろう、とごまかした。しかし、俺が抱きかかえている二人が、ポケに「ごめんなさい、今日もやっちゃった」と報告してしまう。

ポケにじーっと見られるも、俺は朝メシはまだかなーっと、何事もなかったように食堂に戻ろうとした。すると他の子供たちも起きて内庭に集まり、俺が幼い子を抱いてるのを見て、僕も私もと身動きができないほどくっついてきてしまう。

仕方なく、今抱いている子をポケに預けて、集まってきた子をまず一人抱きかかえる。高い高いと軽く宙に上げたら、俺のレベルが上がっていたのか、思ったよりも高くまで上がってしまった。

「げっ！　マズイ」

建物に囲まれた内庭で放り上げた子は、建物よりも高く上がって、教会の屋根に着地した。すぐにうまく降りてきたが、怖がるどころか目をキラキラさせて、楽しかったからもう一回とせがんできた。

それを見た他の子も、次は僕、私とさらにせがんでくる。収まりがつかなくなって、神父とシスターに見つかったら怒られるなと思いながらも、次々と子供たちを空に向かって放り投げて屋根に着地させるという、なんとも危険な遊びを始めてしまった。

しばらくして、ようやくシスターの食事の時間ですよという声がかかり、子供たちは一斉に食堂に走っていった。

「師匠、今度は僕の番ですね。はい」

「ポケ、何を言っているんだ？」

「僕はあの子たちが終わるのを待ってたんだから、最後は僕もやってくれるんでしょ？」

ポケは期待するように両手を上げて俺を見つめてくる。さすがにポケほど大きくなってしまっては無理だろうと断ろうとした。だが、彼の上目遣いに負けてしまった俺は、どうなっても知らないぞと警告してから、ポケの腰を掴んで持ち上げた。そして、思いっきり勢いをつけて空に向かって投げたら、とんでもなく高く上がってしまった。

「ああ！　ポケーー、す、すまない。上げすぎたーー」

ポケは遥か上空から笑い声とともに落ちてきたが、さすがにあの高さから教会の屋根に着地したら、屋根も彼も無事では済まないだろう。先にポケを掴まえて、落ちる速度を抑えようと、俺も高く跳び上がる。そして、彼の身体をどうにかキャッチし、教会の屋根近くまで来たところで、屋根に向かって投げた。ポケは宙返りを一つしたのち、屋根に着地した。

それを見た俺もすぐに地面に着地して、今度こそ危険な遊びは終わった。

「は～、焦《あせ》った焦《あせ》った。まさかあんなに上がるとはな」

「どうされましたかな？　朝の訓練にしては少々過激ですな」

俺が額の冷や汗を拭《ぬぐ》っていたら、隣にいつの間にか神父が立っていた。彼に先程のポケとのやり取りを見られてしまったようだ。

どう弁解しようか迷ったが、内庭に戻ってきたポケが満面の笑みで楽しかったと言ったため、神父はポケの頭を撫《な》で、危険な訓練はほどほどにとだけ言って、二人揃って食堂に入っていった。

安堵《あんど》した俺も、彼らについて食堂に入る。いい香りがするのでテーブルを見たら、一人ひとりの席に大きめの肉が載った皿と、野菜が豊富に入っているスープが置かれていた。昨夜の泥水のようなスープに硬いパンとは大違いだ。

こんな食事は初めて見るであろう子供たちは、すぐにでも食べたそうに涎《よだれ》を垂らしている。

空いてる席に俺が座ると、俺の隣に座りたがる子供たちでちょっとした喧嘩《けんか》になったが、ポケが仲裁に入り、俺が端っこに座ってその隣にポケが座る形で、なんとか収まった。

さあ、いよいよ食事だ。神父の祈りが終わると同時に、一斉に肉に齧《かじ》りついていく子供たちを見て、神父とシスターたちは嬉しそうに微笑《ほほえ》んだ。

俺は自分の分の肉を、ナイフで細かく切り分け、子供たちに分け与える。俺の行動を見た神父も同じことをして、子供の頭を撫《な》でてやっていた。

そんな微笑《ほほえ》ましい食事が終わり、そろそろ帰る時間だった。勇者のパレードが始まる前に、用事を済ませて宿に戻っておかなければならない。

俺は神父とシスターに、昨夜話した孤児の説得と移住希望の住人の勧誘について、改めて頼んでおいた。そのとき孤児院の子供たちに、帰らないでと服を掴まれて泣かれてしまったが、若いシスターとポケが子供たちを押さえてくれたことにより、孤児院を出ることができた。


まず宿に戻った俺は、女将《おかみ》に昨夜ポケが預けたメモを、若者たちに渡してくれたか聞いた。しかし昨日から若者たちは帰ってきてないと言って、メモをそのまま返された。

若者たちが今日、勇者のお披露目《ひろめ》パレードに遭遇《そうぐう》しないことを祈りつつ、グレンに孤児院でのやり取りを相談しようと思って、ギルドに向かった。

ギルドに向かう途中で気がついたが、街中《まちなか》で兵士の姿がやけに目につく。おそらく勇者のパレードのための警備だろう。俺はギルドまでの道のりを急いだ。

ギルドに到着すると、いつもならこの時間は冒険者で混雑しているはずなのに、今日は人もまばらだ。不思議に思い、一階の受付にいるモアに聞いてみることにした。

「ミーツさん、おはようございます。昨夜のお金はどうされたんですか？　今日も朝から下ろされます？」

「いえ、それは大丈夫です。ところで、今日はやけに冒険者が少ないですね」

「ああ、それはですね。今日は街の外に出ることも入ることも禁止すると、国王から命令が下《くだ》ってるんですよ。おふれが昨日から掲示板に貼られていますが、見てないですか？　依頼も、あまり動き回らない簡単なものしかないから、よほどお金に困ってる方以外は、宿や家で大人しくしているんだと思います」

モアが言う、掲示板に貼っているというおふれを見にいったら、本当にあった。

なんで出入りしてはいけないかの理由は書かれておらず、文章の最後に『昼頃になったら各住民、冒険者は目抜き通りに出るよう心がけよ』と書いてあった。

「ミーツさん、どうかしました？　どうしても外に出なければいけない用事でもあるんですか？」

俺の様子を気にしたモアが、受付から出て声をかけてくれた。俺は掲示板を指差しながら、文章の気になる部分を彼女に尋《たず》ねる。

「あ、いえ、この最後の文章について、モアさんは何か知ってますか？　どうして昼頃に目抜き通りに出ないといけないのか」

「私は何も聞いてませんが、ギルマスなら何か知っているんじゃないですかね。ギルマスも知らなかったとしても、昼頃になれば分かることですよ」

「そうですね。すみません、じゃあちょっと、上に行って聞いてきます」

モアに一礼したのち、元々グレンのもとに向かうつもりだったのでちょうどよかったと思いながら、二階へ上がる。ギルドマスターの部屋の扉をノックして、返事とともに部屋に入ると、グレンはこめかみの部分を指で揉《も》んでいた。

「今日はどうした？　パレード前には宿に戻っていろよ」

「掲示板に貼られていたおふれについて聞きたいことがあるんです」

グレンはすぐになんのことか分かったようで、あのおふれによってみんなを目抜き通りに集め、今日のパレードを盛り上げて、他の国々まで話題が届くようにするのだろうと話してくれた。そして、分かったなら宿に帰れと言われるが、別の相談があることを伝えたら、彼は盛大にため息をついて疲れた顔をこちらに向けた。

「なんだ。今度はどんな問題を持ってきたんだ？」

そこで、孤児院で神父とシスターと話し合ったことを伝えると、またも大きなため息をつかれた。

「お前は次から次へと、頭が痛くなる問題を持ってくるな。でもまあ今度のは、随分とマシな方か。それについては、今日のパレードが無事に終わったら色々と手配してやる」

グレンも孤児の問題は気になっていたのか、前向きに動いてくれるようだ。

「しかしだ、お前はどうするんだ？　孤児たちを移住先まで連れていったら、その先はどうするんだ？」

「シオンとダンク姐さんにも護衛として一緒に移住先へ行ってもらって、そのまま三人で国を出ようと思っています」

「そうか、ようやくか。お前はこのまま国を出ずに居座る気かと思ってたよ。分かった、とりあえず今日のところは帰れ。明朝一番にまたここに来い、そのときに改めて話そう」

グレンは少しでも早く俺を宿に帰したいようだ。俺のことを心配してくれていることに感謝しつつ、俺は素直に頷《うなず》く。

「分かりました。ではグレンさんの気苦労が少しでも和《やわ》らぐように、いつものプリンを出しておきますね。そうだ、もし、ものを冷やすことができる魔法か魔道具があれば、プリンを冷やすといいですよ。冷たくすると長持ちするんで」

俺は、プリンをいつものタライには出さず、机の上に小さなサイズのものを一つ、皿ごと想像魔法で出してやる。そして、冷蔵庫みたいなものがあれば長持ちするというアドバイスをしてから部屋から出ようとすると、グレンに腕を掴まれた。

「待て待て、こんな小さなプリンでは足りないぞ。それに、ものを冷やすだと？　それがあれば、どうなるというのだ？　プリンがあったら、すぐに食ってしまうというのに」

「グレンさんのプリンに対する熱意って凄《すご》いですね……。俺はいつもグレンさんに一つずつしかプリンを出してないですけど、その冷やす道具があれば、複数個出しても傷《いた》まず保存ができるんです。それも冷たいままで」

「ほう、そうか。なるほど、それなら心当たりがある。マジックバッグに入れておけば、傷《いた》まず保存はできるが……冷たいというのが気になるな」

冷たく美味《おい》しいプリンを想像しているのか、グレンはにやにや笑いはじめる。

「グレンさん、プリンを食べすぎると糖尿病とか痛風とか、病気になりやすいですよ？」

「そんな病気は聞いたことがないから知らんが、プリンで病気になるなら、俺はいつでも病気になっていい！　まあいい、とにかくお前は早く宿へ戻れ。俺もこれから、その心当たりに出かける。ああその前に、あの小さなサイズしか出す気がないなら、せめて数を多めに出していけ」

グレンのプリンへの情熱に呆《あき》れながら、彼の机の上にたくさん出してやると、彼は目を輝かせて机の横にかけてあった鞄《かばん》にプリンをしまい込んでいく。しかし、すぐに食べるのか、数個は机の上に残しておくようだ。その様子がおかしくてつい笑ってしまった。グレンにジロリと睨《にら》まれたので、俺は失礼しますと頭を下げて、急いで退出した。

そのまま宿に戻ろうかと考えたが、神父に金を渡してなかったことを思い出した。まだ昼頃までには余裕があるため、その足で教会に向かう。

教会に入るも、神父の姿が見当たらなくて、孤児院の方を覗《のぞ》いてみると、神父はおろか二人のシスターも、子供たちすらいなかった。

不思議に思いながら、孤児院の窓から外を見ていたら、街の孤児たちがぞろぞろと、どこかに向かっているのが見えた。気になってついていく。すると、スラムの広場でシスターたちが、孤児や生活苦であろう人々に、昨日捌《さば》いた魔物の肉をその場で焼いて振る舞っていた。どうやら早速炊《た》き出しをしているらしい。

しかし、その匂《にお》いにつられた人がどんどん集まり出してしまい、ついには街を警備していた兵士が来て、すぐに撤収しなければ全員牢屋にぶち込むと脅《おど》してきた。おそらくパレードに支障が出ると考えたのだろう。仕方なくシスターは兵士の言うことを聞き入れ、持ってきていた食材を慣れた様子で素早くバッグにしまい、子供たちを連れて撤収した。

当然神父もいると思っていたが、姿が見当たらない。俺が老婆のシスターのもとに駆け寄って、神父はどこにいるのかと聞いた。そうしたら、神父は他の孤児院や、モブのようなストリートチルドレンの中でも力を持っている子のところに行っていて、しばらく帰ってこないと教えられた。

「今日は神父様にお金を渡すために来たんです。でもいないようなら、シスターにお渡ししてもいいでしょうか？」

せっかく来たのでお金を渡しておきたいのだが、シスターは神父に直接渡してほしいと言ってきた。そして、彼女は子供たちを連れて孤児院に戻ろうとするも、子供たちが俺のそばに集まってしまい動こうとしなかったため、仕方なく俺も一緒に孤児院に行くことにした。

孤児院に着いても子供たちは俺をなかなか放してくれなかったが、シスターが少しの隙《すき》を作ってくれて、どうにか抜け出すことに成功した。今度こそ宿へ戻ろうかと思ったところで、若者たちのことを思い出す。

「そういえば、アリスたちはどうしただろうな。昨日の時点で門の外に出ているとしたら、街の中に入れなくなってるかもしれない」

俺は心配になり、念のためアリスたちを捜しに門に向かうと、街の出入りを規制しているだけあって、どの門も閉められている。しかし、冒険者の門に見知った門番が交代で入ったのを見かけ、声をかけた。

門番は、今日は出入りできないと改めて言うが、それでも出ていきたいことを伝え、銀貨を数枚手渡す。すると、門番は自分の相方にもその中の数枚を手渡し、外に出るだけなら出してやるとこっそり言ってくれた。普通に門から外に出ては外の者たちにバレるからと、門番だけが出入りできる通用口に通されて、なんとか外に出る。

門の外は冒険者だけでなく、商人や旅人風の人たちでいっぱいだった。こんなに人がいたら、魔物が寄ってくるのではないだろうかと心配になったが、それは杞憂《きゆう》に終わる。なぜなら冒険者たちが、暇潰《ひまつぶ》しと商人の護衛を兼ねて、魔物を片づけているからだ。

俺は一瞬、外に出た理由を忘れそうになったものの、すぐに思い出して若者たちを捜しはじめた。

しかしどこにも見当たらなくて、今度は手当たり次第、黒髪の三人組か四人組を見なかったかとあたりの人たちに聞いてみる。すると、近くの森で見たとの情報があったので、聞いた森の方角に向かっていたら、途中で冒険者のニックと遭遇《そうぐう》した。

「げっ！　おっさんじゃねえかよ」

「人の顔を見て、げっ、とはなんだ」

「だってよお、ミーツのおっさんといると、ろくなことが起きねえんだもんよ」

ニックはふてくされたように言う。失礼なやつだ。

「それで、おっさん一人でこんなところでどうしたんだ？　あ、分かった！　さては街に入れないのを知らずに、立ち往生を食らったな？　掲示板を見てなかったのかよ」

「見てたし、今日の昼に何があるかも知ってるよ。それでも、門番にちょっとの金を渡して、外に出してもらったんだ。ニックこそ、なんで街を出てるんだ？　いやそれより、このあたりで俺と同じような黒髪の若者たちを見なかったか？」

「ああ、最近よくギルドで見るやつらか。俺はさっきこのあたりに来たばかりだが、見かけてねえよ。街にいるんじゃねえの？　俺は街での出来事がなんか面倒そうだと思ったから、夜のうちに外に出たんだよ」

俺はニックに、若者たちを見てないならいいと言ってその場を離れ、森の中に入ってみることにする。しばらく歩いたら、豚型のオークが複数のゴブリンによって犯されていた。

ゴブリンの群れはオークにしか興味がないようで、俺には気づきもせず、抵抗するオークの手足を押さえて犯している。俺は胸焼けがして、犯されているオークもろとも想像魔法で出した大岩で押し潰《つぶ》した。二、三体は岩から逃れたものの、それも刀で斬り伏せた。

「おっさん、相変わらずエゲツねえな。雌のオークを犯すゴブリンよりも、おっさんの方がよっぽど怖いぜ」

いつの間にかニックが背後に来ており、今の俺の行動を見て感想を述べた。

「ニック、何しに来たんだ？　俺とは関わりたくないんじゃなかったのか？」

「そうだけどよ。どうせ街には入れないし、暇潰《ひまつぶ》しに捜すのを手伝ってやろうと思ってきたんだよ」

ニックの手伝うという柄《がら》にもない言葉に驚いたが、今はその言葉に甘えた方がいいだろう。俺はニックに頼むと言って頭を下げると、やつはにっこり笑って、いいぜと快く承諾してくれた。そして二人で若者たちを捜したら、案外すぐに見つかった。

「あ、おじさん！　こんなところで会うなんて思わなかった！　今日はどうしたの？　まさか私に会うために来たの？　それとも、迎えに来てくれたの？」

愛《あい》が俺に気づいて駆け寄ってきて、立て続けに質問をしてくる。答える暇もない。

「おっさんが捜してたのって、こんなちびっ子か？」

「ちびっ子って言うな！」

ニックの言葉を聞いて、愛は怒りを露わにし、彼の脛《すね》に蹴りを入れた。

「痛って～～、やりやがったな！」

ニックは、勝ち誇ったように自分を見ている愛を捕まえようと手を伸ばすも、愛はバックステップでそれを躱《かわ》す。そんな愛の頭を叩《たた》いて止めたのは、アリスだった。

「愛が悪いよ！　いくらちびっ子って言われたからって、やりすぎだよ」

アリスは愛を一喝《いっかつ》すると、俺の方へやってきた。

「私たちは、おじさんに買ってもらった魔道具と武器の性能を試したくて、昨日から外に出てたんです。凄《すご》く調子がいいです」

「ククク、愛ちゃんがちびっ子って、間違ってねえじゃん。学年でも一番背が低かったもんな」

「もー！　ジャスくんまで！」

「うお！　あっぶねえな。愛ちゃん、そんな凶器を人に向かって振り回すなよ」

アリスが俺に状況を説明してる間も、ジャスは愛をからかい、それに怒った愛が彼に向かってメイスを振って攻撃しはじめる。ジャスは華麗にそれを避けていた。

二人の様子を見ながら、ニックが苦々しい表情で話しかけてくる。

「おっさん、あのちびっ子が持ってる武器で、俺も攻撃されてたかもしれないんだよな？」

「ああ、そうだな。下手したら脛《すね》に当てられてたかもだな」

「あんなのを当てられたら、足がふっ飛ぶぜ」

若者たちが見つかったことで、ニックとは一旦別行動となり、俺は今日街で行われるであろう勇者のお披露目《ひろめ》パレードについて、若者たちに話した。

そのついでに、先日に続いてシロが見当たらないことに気づいたので、彼について聞いた。

「ああ、シロさんは恋人ができたとかで、今日は街でデートだよ。羨《うらや》ましいよなあ」

「え、ジャスくん、シロさんが羨《うらや》ましいの？　宿で一緒の部屋だったんだから、そういうことなかったの？」

「愛ちゃん、急に何なんだよ。そういうことって何だ？」

「あー、ジャスくんは知らないんだ。でも、シロさんに恋人ができてよかったね。正直シロさんでは、シオンさんは無理だと思ってたから」

「愛！　シロさんは同性愛者だけど、誰彼構わず襲うような人じゃないの知ってるでしょ！」

「へ？　アリスちゃん、シロさんって男が好きなの？」

「え〜〜、今更〜〜？」

ジャスは二人の女子にからかわれて、マジかよと呟《つぶや》きながら、しゃがんで落ち込んだ。

勇者のお披露目《ひろめ》パレードについては、もしかしたら勇者である友達を助けられるチャンスかもしれないと考えたようだ。だが、街に戻れないのではどうしようもないし、仮に戻れたとしても今からではパレードには間に合わないので、今回は諦《あきら》めることにしたようだ。今は勇者を取り戻せるだけの力をつけるために、一体でも多く魔物を倒して強くなると、若者たちは森のさらに奥に入っていった。

一人残された俺は、しばらく若者たちが行った先を見つめていたが、三人だけで戦えるのか心配になって、後を追って走った。だが、俺の心配は杞憂《きゆう》に終わった。

なぜなら、カブト虫が人間くらい大きくなったような魔物を三人で倒していたからだ。俺は戦ったことがない魔物だが、そこまで強くはなさそうだった。そもそもこの森には、さほど強い魔物は現れないらしい。

つまり、今の若者たちの実力にはちょうどいい場所みたいなので、安心して森から出たところで、またもニックと出くわした。

「おっさん、今頃出てきたのか。何を長話してたんだよ」

「今日、街で行われる行事について話し合ってたんだ」

「街で何があるんだ？」

「ああ、勇者のお披露目《ひろめ》パレードがあるらしい」

「へえ、勇者ねえ、それは俺も見たかったたな。早く知ってたら、街に残ってたのによ」

ニックは惜《お》しそうなセリフを言っているが、表情を見ると大してそう思っていないようだ。

「じゃあ俺は適当に、同じように街へ戻れない顔馴染《かおなじみ》のやつらのところにでも行くぜ。またな、おっさん」

そう言ってニックは、手をひらひらと振って去っていこうとする。俺は孤児たちの護衛のことを思い出し、ちょうどいいと、彼を引き止めて話をすることにした。

近々街を出ること、そのとき街の孤児たちも連れていくことを伝え、その際の護衛として冒険者をなるべく多く雇いたいので、誰か実力者の知り合いはいないかと尋《たず》ねた。

「はあ？　なんでおっさんが孤児たちを連れていくんだ？」

「詳しいことは今は言えないが、とにかくたくさんの冒険者を雇って、行きの護衛を任せたいんだ」

「報酬はいくらだよ」

「それはまだ決めてないけど、最低でも銀貨五十枚、最高で金貨を数枚と考えてる」

報酬の額を聞くや否や、ニックは俺にぐっと身体を近づけ、強く手を握ってきた。

「おっさん！　俺とおっさんは友達だよな？　な？　腕のいい冒険者は何人か知ってるから、紹介してやる。だから、俺にもその美味《おい》しい依頼くれよ！」

「手を放してくれないと、お前にはやらない」

「ああ、悪かった！　その依頼に俺も入れてくれるんなら、おっさんが俺にしたことを全部水に流してもいいぜ」

　ニックの俺を見つめる目が、大金を見るような目になっていて正直怖いとも思ったが、腕のいい冒険者を紹介してくれるというのは、冒険者になって日が浅い俺にとってはありがたい話だ。

　こういった話は早い方がいい。ニックの実力は知っているので無条件で雇うが、他の冒険者は一応実力が見たいので、後日ギルドマスターに許可をもらって、ギルドの訓練場にてテストを行うことを伝えた。すると、ニックは任せておけと言って、少し離れた場所にいる冒険者らしき集団に向かって走っていった。どうやらあそこに、候補の冒険者がいるようだ。

第六話

　ニックと別れた俺は、適当にゴブリンなどを狩り、夜は寂《さび》しく焚火《たきび》に当たって森で一夜を過ごした。パレードが終わっても明日までは街には入れないということで、野営するしかなかったのだ。

翌日、早朝から門のあたりは商人や冒険者、一般の者で溢《あふ》れていたものの、冒険者の門は流れが速くて、すんなり街に戻ることができた。その足でグレンのもとに向かおうとギルドに入ると、街に入った冒険者たちもみんなそのままギルドに来ていたようで、いつも以上に職員がてんてこまいだった。

そんな様子を見ながら二階に上がったところ、受付近くで「金になる護衛の依頼はどこだ！」と叫《さけ》ぶ声が聞こえた。おそらく俺の依頼のことだろうが、まだ発注していないため、あるわけがない。職員はただでさえ忙しいのに、意味がわからないことを言われて奇声を上げていた。

この騒ぎは、昨日の反動だろう。とても大変そうだと思いつつ、ギルマス室に行く。扉を開けたら、グレンは待ってましたとばかりに立ち上がって、なんの説明もなく俺の腕を掴んで歩き出した。

「ちょ、グレンさん、急にどうしたんですか？」

「一緒にくれば分かる。ああそうだ、お前が街の孤児たちを連れていくのには馬車が必要だろう。ついでにそれらを買いに行こう」

今日のグレンは、珍しくフード付きの長めのコートを羽織《はお》っている。俺の腕を掴んで歩きながらフードを被って、そのまま一階に下りていく。すると、突然現れたモアがグレンのコートを掴んだ。

「グレンさん！　この忙しい日にどこに行こうと言うんですか！　結局、昨日は何も起きなかったのに！　依頼は溜《た》まって忙しいのに！」

「す、すまん。帰ってきたらまとめてやるから、今は見逃せ」

グレンは彼女の手首に手刀を打ち、彼女が痛がって手を離した隙《すき》を、走ってギルドから出ていった。俺はグレンに掴まれている身だから一緒に走らされたのだが、出ていくときにモアが「ミーツさんも待って！」と叫《さけ》ぶものだから、俺まで逃げているみたいになってしまう。仕方ないので振り返り、彼女に手でごめんと謝って、グレンとともに走った。

「ふう、ここまでくれば安心か」

グレンがフード付きのコートを着ていたのは、ギルド職員に見つからないための変装だったようだ。あっさりモアに見つかっていたので、なんの意味もなかったが。

「よかったんですか？　今日のギルド、めちゃくちゃ忙しそうでしたよ」

「いいんだよ。まだ俺のやることはほとんどないんだからな。俺が忙しくなるのは、今日の夕方から夜からだ」

「そうなんですね。そういえば、さっきモアさんが言ってた、昨日は何も起きなかったって、なんのことですか？　俺は昨日外に出てたんで、事情を知らないんですけど」

「そうか、お前は外に出てたのか……って！　昨日は外との出入りは禁止されてたのに、お前はどうやって出たんだ！」

まずい。

「そんなことはどうでもいいじゃないですか、門番に少しお金を渡しただけですよ。外に出るのはいいけど、中には入れないって条件で出してもらえたんです」

「またお前はそんな危険なことを。もはや常識がないという問題じゃないぞ」

「それは分かってますよ。それより、昨日のことを教えてください」

グレンはため息をついて、やってしまったことは仕方ないと諦《あきら》めたように呟《つぶや》き、昨日のことを話し出した。

「まあ、さっきモアが言ったままだ。城内で何かが起こってパレードができなくなったんだ。その何かについては、俺にも分からない」

それからはグレンはしばらく無言で歩く。どういった順路なのか、家々の間の路地を入り、あたりを警戒するかのように複雑に道を曲がり、やがて袋小路にたどり着いた。

「着いたが、ここから先は他言無用だぞ。後で誓約書を書いてもらうからな」

「え？　それはどういうことですか？」

グレンの言ってる意味が分からずに問いかけるも、彼は黙って見ていろとだけ言って、以前の解体場のときと同じくギルド証のようなものを取り出して、壁にペタリと貼りつける。すると、カードが壁に吸い込まれた。

グレンはそれを確認後、俺の腕を引っ張って壁に向かって進み、なんと俺たちはそのまま壁の中をすり抜けた。

「え？　え？　どういうことですか？　ここは一体？」

「ここは、一部の者しか知らない裏市場だ。かなり珍しいものが取り引きされていて、国王に知られると困る場所でもある」

グレンの言う通り、相当珍しいものが売られていた。

男を跨《また》がらせた茶色いユニコーンや、身体が燃えているのに生きているスズメ、バチバチと電気を発しているタカに、生きた牛魔も檻《おり》に入れられて売られている。

「キョロキョロ見回して、そんなに珍しいか？」

「だって神聖なユニコーンとかがいるんですよ？　そりゃ驚きますよ」

「ユニコーンなんて、ただの角が生えた馬じゃないか。角は珍しい薬に使われるから、高値で取り引きされるがな」

「それに、背中に乙女しか乗せないと言われているのに、男が乗っているんですよ？　ユニコーンがいるならペガサスとかもいるんじゃないですか」

「乙女しか乗せない？　そんなスケベなユニコーンは知らんぞ。ペガサスこそ神聖で、こんなところで売られるような馬ではないぞ」

この世界では、ペガサスは別格のようだ。

檻《おり》に入っている珍しい生き物を眺めながら、グレンについていくと、一際大きな檻《おり》の前で足を止めた。

「馬を買うならここがいいだろう。強くて頑丈《がんじょう》なのがいるうえ、値段も表で買うより安いからな」

グレンは慣れた様子で檻《おり》の先にいる商人のもとに行って、まとまった数の馬が欲しいことを伝えると、値段の交渉をしはじめた。グレンの後ろで控えていた俺は、通りすぎたときに見た大きな檻《おり》の中に入っている生き物が気になってしまい、グレンから離れて先程の場所まで戻り、檻《おり》の中を覗《のぞ》いてみる。すると、その大きな図体の生き物が起き上がった。

「やっぱり、トリケラトプスか。この世界には恐竜さえもいるのか」

「旦那旦那、それはやめておいた方がよろしいですぜ？　気性が荒くて扱いにくいですからねえ。どうしてもとおっしゃるなら、これと戦って言うことを聞かせられれば、安値で売ってもいいですぜ」

「別に買うつもりはないけど、一度は触ってみたいかな」

檻《おり》に入っているトリケラトプスが珍しくて観賞していたら、グレンと話している者とは別の商人が話しかけてきた。

改めて周囲を見回してみても、恐竜はこのトリケラトプスしか見当たらない。触ってどのような感触か確かめてみたいという欲求に逆らえなかった俺は、商人に言われるがまま、トリケラトプスがいる檻《おり》に入った。すると、なぜか檻《おり》の周囲に人が集まってきた。

「さあ！　これから凶暴な三本角と戦うのは、この勇敢なお方だー！　どちらが勝つか、さあ賭《か》けた賭《か》けたあ！」

商人がいきなり賭《か》けを始めた。こういうことはよくあるのか、人々も心得たもので商人の言うことに乗ってくる。ただ、全員がトリケラトプスに賭《か》けて、俺に賭《か》ける者がいなかったため、商人が天を仰いだ。

「あちゃ〜、やっぱり旦那に賭《か》ける人はいないか。ここは一つ、旦那、自分自身に賭《か》けてみてはどうです？　旦那がこれに勝つことができれば、一人勝ちだ。三本角に賭《か》けられた金は旦那のものだ。……まあ、多少の手数料はいただきますがね。ただし、旦那が負ければ、三本角に賭《か》けた者の分として、結構な額を払ってもらわなきゃいけなくなるが。どうですかね？」

変な賭《か》けだが、俺に賭《か》けるやつがいないから、変則的なものにしたのだろう。

「どうやって勝ち負けを決めるの？　武器は使っていいのかい？」

「もちろんですぜ！　武器はこちらで用意しやす。勝敗は先に戦意喪失した方が負けで！」

まあ、正直負けるつもりはない。

「なるほど、じゃあ自分に賭《か》けてみようかな」

俺がそう答えると、商人は見物人に向かって声を張り上げた。

「これで賭《か》けは成立した。さあ、他に賭《か》ける者はいないかい？　いないなら締め切りやすぜ」

商人は大きく手でバツを作って、明らかに殺傷力のない木剣やメイス、先が丸くなっている槍などを持ってきた。どうやら、俺に勝たせる気がないようだ。俺は何がなんでも勝ってやろうと思って、商人が持ってきた武器は断って、素手でやると言った。

俺が武器を持たないのを見た見物人は次々と、商人に賭《か》け金を上げると言い出す。商人はこれを狙ったのだろう。彼はさらに、まだ賭《か》けてない者は今からでもまだ間に合うと言い、様子を見ていた見物人も一斉に賭《か》けに参加した。

しかし俺に賭《か》ける者は依然としておらず、俺が負けた場合の支払い額が白銀貨数千枚までいったところで、ついに俺に賭《か》ける者が現れた。その人物はほかでもない、グレンだった。

グレンは白銀貨ばかり入っているという小袋を掲《かか》げて、俺に全額賭《か》けると言い出した。そして袋の中身を商人に見せながら、俺の方を指差してボソボソと何か話した後、商人は大声で締め切りを告げた。

賭《か》けに参加している者以外の見物人も多数いて、中には俺を応援してくれる人もいる。ただ、笑いながらだから、本気で応援しているわけではないだろう。

そんな見物人たちとは別に、グレンは真面目《まじめ》な顔で、本気出せよと大声を張り上げている。

グレンに言われなくても本気で戦うつもりだ。俺はその声を無視していたら、急に檻《おり》がギルドの訓練場くらい広くなった。

広くなった檻《おり》の中でトリケラトプスはのっそりと動くも、戦う意思は感じられない。どうしたものかと思っていると、檻《おり》の外にいる商人がトリケラトプスに向かって石を投げつけた。何か仕掛けがあったのか、その石が当たったトリケラトプスは唸《うな》り声を上げた後、俺に向かって突進してきた。

俺はトリケラトプスを紙一重で躱《かわ》して、やつの身体の上に飛び乗ろうと試みるが、頭を振られて鋭い角に攻撃され、数十メートルぶっ飛ばされてしまった。

身体の痛みは多少あるものの、まだ十分動ける。どう攻略しようか悩みながら、トリケラトプスの鋭い突進を避けていたら、檻《おり》の外から睨《にら》みつけてくるグレンと目が合った。本気で戦えと言わんばかりに殺気立っているので、冷や汗をかいてしまう。

最初に戦ったときのミノタウロスのように溺死《できし》させることは可能だが、賭《か》けている者たちはそんな戦いでは納得しないだろう。ここは真正面からあの突進を止めて、力ずくで屈服させるしかない。

俺は着込んでいるコートと上着を脱ぎ、上半身裸になって身構えながら、タイミングを計るために何度も突進を避けた。すると、トリケラトプスの攻撃方法が変わり、突進した直後に尻尾《しっぽ》を振り回してきた。

そちらにまでは気が回らなかったため、無防備な状態で腕から腹にかけて、巨大な尻尾《しっぽ》に殴打《おうだ》されてしまう。

檻《おり》の端まで弾き飛ばされその場に倒れ込んでいたら、頭を上下に振りつつトリケラトプスがまた突進してきたので、転がりながらどうにか避ける。しかしまたもや尻尾《しっぽ》による追撃が来て、まともに受けてはまずいと、思いっきりその場から跳び上がった。

跳び上がったのはいいが、檻《おり》の天井の部分に頭から突っ込んでしまい、今度は頭を押さえながら落下した。しかも、運悪くトリケラトプスの角が肛門に直撃してしまう。地面に降り立ってトリケラトプスから距離を取り、尻を押さえて身体中の痛みが引くのを待った。

檻《おり》の外からは、逃げるなとか、やる気がないなら降参しろとか、散々罵《ののし》られる。尻の痛みがマシになったところで、何度目か分からないくらいの突進を仕かけてきたトリケラトプスの頭を思いっきり殴《なぐ》った。

殴《なぐ》られたトリケラトプスはグラリと一瞬、気を失ったように身体をふらつかせるも、足を力強く踏ん張って耐えた。そして、黒いつぶらな瞳を真っ赤に染め、耳が痛くなるほどの唸《うな》り声を上げると、前脚を上げて上体を反らして、俺に覆い被さってきた。

「クッ、こんなのゴブリンやミノタウロスとの戦いに比べれば、なんてことはない！」

俺は自身を奮い立たせるべく声を張り上げて、迫ってくるトリケラトプスの腹を何度も殴《なぐ》り続けた。しかし、手応《てごた》えはない。いよいよ腹に押し潰《つぶ》されそうになるというところで、俺とトリケラトプスの間に、想像魔法で大岩を出した。その大岩がトリケラトプスの四つの脚の間にぴったりハマって、やつは身動きが取れなくなる。

これを好機と思った俺は、トリケラトプスの頭に飛び乗り、頭を再び数発殴《なぐ》ると、やつはジタバタと動かしていた脚をダラリと脱力させて、瞼《まぶた》を閉じた。これで決着がついたと思ったので、想像魔法で大岩を取り除いたら、トリケラトプスの巨体が地面に落ちて軽く地響きが起きた。

「な、な、何てこったい！　旦那が三本角に勝っちまった！」

商人が俺の勝ちに驚きの声を上げると、トリケラトプスに賭《か》けていた者たちが一斉に騒ぎ出す。

「おっさん、いい戦いを見せてもらったぜ。賭《か》けは負けちまったけど、金を賭《か》けた甲斐《かい》があったぜ」

「ちくしょう！　俺の全財産があああ！」

「あのオヤジ許さねえ！　空気を読んで負けろ！」

「そうだそうだ！　こんなの無効だ！　途中までおっさんが負けてたじゃねえか！」

少数の者は俺の戦いを絶賛してくれたが、ほとんどの者が俺の負けを望んでいて、こんな戦いは無効だと商人に詰め寄る。しかしそんな騒ぎに、グレンが一喝《いっかつ》した。

「黙れ！　この場に入ることができる特別なお前たちは、特別な商人や買い手なはずだ！　そんなお前たちが賭《か》けに負けたくらいでグダグダ言うな！」

グレンの言葉に、騒いでいた見物人たちが黙り込む。そこへ、一人の清楚《せいそ》な女性が現れた。

「騒々しいと思ったら、賭《か》けが行われていたんですね。そちらの男性の言う通り、どんな内容だったとしても、賭《か》けに負けたのならば、大人しく払うのがここのルールでしょう？　それでもまだ文句を言うのでしたら、永遠にこの場への出入りを禁止にいたします。もちろんその際は、追加で誓約書を書いてもらいます」

女性はここの偉い人なのか、文句を言っていた者たちは何も言い返さずに、彼女に頭を下げて場を離れていく。

「よろしい。揉《も》め事はなるべくないようにしてくださいね」

女性は最後にそう言うと、お供らしき侍女とともに去っていった。

そして、賭《か》けに負けた人たちから解放された商人が、俺のところへやってきた。

「元締めが収めてくれて助かりました。さあ、賭《か》け金は旦那たちのものだ！　約束通り、三本角に勝った旦那には特別価格、白銀貨十枚のところを金貨五十枚でこいつを譲りやす」

「おい、ミーツ。そいつを買うのか？」

「そうですね。今回移動するにあたって大いに役に立ちそうですし、馬と一緒に買っちゃいましょうかね」

グレンは、商人からズッシリと重そうな大きな袋を手渡されたので、その中から白銀貨を一枚取り出すと、商人にアレの代金で釣りは取っとけと言って手渡した。

まだ檻《おり》の中にいる俺は、起きる気配がないトリケラトプスに近づき、何度も殴《なぐ》ってしまった頭を触る。そして、勝負とはいえすまなかったと心の中で謝りながら、想像魔法で痛みが和《やわ》らぐよう癒《いや》してやる。すると、トリケラトプスの黒くてつぶらな瞳が開き、俺の顔をベロベロと舐《な》めて、コツンと額に頭を当ててきた。

そのときに頭の中に【新しい主様、よろしくお願いします】と響いた。

咄嗟《とっさ》にトリケラトプスから離れて見つめたが、俺に覆い被さるようにベロベロと舐《な》めてきて、可愛《かわい》くて愛おしくなった。それにしてもさっきの……空耳だろうか？

「随分と懐《なつ》かれたものでやすね。それは、友人から譲り受けて、まだ小さいときから育てていやしたが、餌代《えさだい》が馬鹿になりやせんでしたから、こちらとしてもよかったでやす。まあ、今まで色んな冒険者や騎士様と戦って、儲《もう》けさせてはくれたんですがね」

トリケラトプスからなんとか離れて上着とコートを着ていたら、商人がそんなことを言いつつ檻《おり》の鍵を外してくれた。そして扉を開けると、今まで広かった檻《おり》が、元通り小さくなった。

俺が檻《おり》から出たら、檻《おり》の中のトリケラトプスが寂《さび》しそうな瞳で見つめてくることに、なんとも言えない心苦しさが込み上げてくる。

しかし今は他にもやることがあるため、また後で必ず来て出してやると言って、グレンと商人とともに檻《おり》から離れた。

第七話

　商人からトリケラトプスの餌《えさ》などについて色々聞いた後、グレンとともに馬を数十頭買った。続いて馬車を見ていたとき、ふと馬車も想像魔法で出せるのではないだろうかと考えた俺は、グレンに人目につかない場所へ連れていってもらう。そこで、豪華絢爛《ごうかけんらん》な馬車を想像してみたら、想像魔法によって金ピカの目に悪そうな馬車が出てしまった。

「はあ、やっぱりお前のその魔法は反則だな。こんなの、位《くらい》の高い貴族か王族しか乗らないぞ。まあいい、これについては俺がツテを使って売っておこう。でも馬車は、お前の魔法でなんとかなるのが立証されたな。それじゃあ、最後にここの裏市場の元締めのところに行くぞ」

「グレンさん、元締めって、もしかして先程の清楚《せいそ》な女性ですか？」

「そうだ。今はそれしか言わないが、お前には後で驚いてもらうぞ」

　馬車をグレンのマジックバッグに収納し、彼の後ろをついていくと、さっきから少々気になっていたところに向かっていた。

　それはサーカスみたいな大きなテントで、グレンは入口の前で足を止める。そこには屈強な男が四人立っているが、グレンを見るなり入口の前から退いた。グレンは俺を指差し、この男も俺のツレだと言って、中が真っ暗なテントに入っていった。

俺もおそるおそるグレンの後について入ろうとしたら、屈強な男の一人が握手を求めてきた。なんでも、俺とトリケラトプスとの戦いを見たそうだ。興奮して見入ってしまい、この場を守る仲間たちに持ち場を長い時間離れたことを怒られてしまったが、それでも見る価値があったと笑顔で話した。後で、腕相撲《うでずもう》で力比べをしてほしいとも言われた。

見た目に反して気さくな感じでホッとしたものの、直後にこっそりテントに近づく不審な人物を素早く突き飛ばして捕らえている姿を見たら、やっぱり門番をするだけのことはあるなと納得した。

また後でと言ってテントに入ったら、暗くて目の前のタンスみたいなものにぶつかりそうになってしまった。

「ついてこないと思ったら、何やってんだ。早く来い」

声の聞こえる方を向いたら、グレンがいた。そばにはタンスや棚が道を作るように並べられている。そんな薄暗い通路を、グレンは明かりも持たずに早歩きで歩いていく。そこはまるで巨大迷路で、行き止まりになっている箇所や、分岐しているところがあった。グレンと一緒でなければ迷っていただろう。

「さあ、着いたぞ」

グレンは立ち止まってそう言うと、突き当たりの本棚の本を一冊抜き取り、別の位置にしまう。それを繰り返していたら、なんと本棚が消えた。代わりに通路が現れ、その先には一人用のキャンプで使うくらいの小さなテントが建っていた。

グレンがそのテントの中に入ったのを確認して、俺も入ってみる。中はとても広いが、ものが乱雑に置かれており、小汚いリサイクルショップみたいなところだった。気づけば先程の清楚《せいそ》な女性が、グレンと抱き合っていた。

「ミーツ、紹介するぞ。ここの元締めであり、俺の妻であるメリッサだ」

まさか元締めがグレンの奥さんだったとは。俺が驚いているのも構わず、グレンが今度は俺のことを紹介する。

「メリッサ、コイツが俺がいつも話している頭痛の種のミーツだ」

「あら、先程の……あなたがミーツさんでしたのね。お噂《うわさ》はかねがね、旦那様と義弟のダンクさんから聞いています」

「俺たちの家は別にちゃんとあるが、メリッサは八割がたここにいるから、ここに会いに来た方が早いんだ。それでだ、お前に妻を紹介したのには理由がある。もちろん元締めとしての紹介もあるが、本題は、プリンを冷やしたまま保存できる魔道具が完成したと聞いたからなんだ。メリッサに製作を頼んでたんでな」

「え！　早くないですか？　あれの話をしたのって、昨日だったはずですよ？」

「ええ、私も頑張《がんば》りました。旦那様のプリンというデザートに対する熱意が凄《すご》くて。ミーツさん、これからそのデザートを出してもらえるのでしょう？」

「そう言われたら、出さなきゃいけなくなりますね」

グレンは涎《よだれ》を垂らしてニヤけているが、メリッサは真剣な顔でこちらを見つめている。そんな二人の前に、一番初めにグレンに食べさせた普通の容器のプリンを一個ずつ出して、ついでに木のスプーンも一緒に出して手渡した。

「ミーツ！　これだけでは足りんぞ！」

「アナタはいつも一人でどれだけ食べているのかしら？　あら、美味《おい》しい。でもちょっと私には甘すぎるわ」

プリンを一口食べたメリッサは、残りをグレンに渡して呆《あき》れたように夫を見つめる。

「グレンさんはこれの虜《とりこ》になってますけど、メリッサさんはそこまででもなさそうですね。それならメリッサさん、これはどうですか？」

俺は、彼女には色々な果実が入っているゼリーを想像魔法で出してみた。

「ん～！　私はこれが気に入りましたわ。ミーツさん、これはなんていう食べ物ですか？」

「これはゼリーというものです」

「とっても美味《おい》しい。できれば、あるだけお譲りください。もちろん、代金はお支払いいたしますので！」

「ミーツ！　俺の知らないものをメリッサに食わせてるのか！　メリッサ、俺にも一口くれないか？」

「ダメです！　旦那様はそのプリンを食べていたらいいではないですか」

どうやら似たもの夫婦らしく、ゼリーを気に入った彼女はプリンを食べたグレンのようになってしまった。

「もちろん、それくらいならいくらでもお渡ししますよ。代金についてはグレンさんの奥様ですし、結構ですよ」

「いいえ！　これだけ美味《おい》しいのですから、きっと高価なもののはずです！　それに、タダより高いものはないと考えていますので、金額を提示してもらえればいくらでもお支払いします」

彼女はタダではもらってくれなそうである。正直金は余るくらいあるから必要ないし、何か金に代わる対価はないものかと考えながら周りを見渡すと、鞄《かばん》が山積みになっているのが目に入った。

「メリッサさん、ではあの山積みの鞄《かばん》をいくつかもらってもいいですか？　手頃な鞄《かばん》があれば、アイテムボックスのカモフラージュに使えますし」

「あら、マジックバッグなんかでよろしいのですか？」

「あれは全部マジックバッグなんですか？」

「ええ、でもあれは大して容量がないんですよ。あれではゼリーの代価として見合いませんので、もう少し容量の大きいバッグをご用意しますね。どのような形をご所望か、お聞かせください」

メリッサにそう聞かれ、山積みになった鞄《かばん》の中からよさそうなものはないかと探してみる。そしてショルダーバッグを見つけ、この形でとメリッサに手渡したら、彼女は部屋の隅にある宝箱のような箱をゴソゴソと漁り、いくつかの鞄《かばん》を取り出した。

「ミーツさん、ゼリーは全部でどれほどお待ちですか？　私の作った冷やすマジックバッグに入れていきますので、ある分をお譲りください」

「ある分と言われましても……」

はたしてメリッサに想像魔法について話していいものか。俺がグレンをチラリと見ると、彼はため息をついて、彼女にプリンやゼリーは特別な魔法を使って出していることを説明した。

「まあ！　それならMPさえあれば、いくらでもこれらを出せるということですか？」

「そうですね。これくらいのものでしたら、途中で休憩《きゅうけい》を取りながら、このテントいっぱいくらいは出せると思います」

「まああああ！　なんてことでしょう。旦那様！　ミーツさんの魔法はなんという魔法なのか、お教えくださいませんか？」

「メリッサ、気持ちは分かるがそれは言えない。教えてしまえば、お前にも厳しめの誓約をしてもらうことになってしまう。俺自身も誓約書にサインをしているしな」

「申し訳ございません。少々興奮してしまって、失礼いたしました」

グレンが宥《なだ》めると、メリッサは冷静さを取り戻したようで謝罪してきた。しかしそれよりも、グレンの言葉に俺は驚いてしまう。

「グレンさんも誓約書にサインをしているんですか？」

「おう、もちろんだ。お前と旅をする予定のダンクとシオンは問題ないだろうから、俺だけが誓約書にサインしてある。仮に拷問《ごうもん》をされても話せないようにしてあるから安心しろ」

グレンのそこまでの覚悟に胸が熱くなった。

これまでグレンの忠告を聞かなかったことに、申し訳ないという気持ちも出てきたが、もうやってしまったことは仕方ない。王都にいる期間はもうそれほど長くないだろうが、なるべくグレンに迷惑をかけないようにしようと今更ながら思った。

「ミーツさん、どれほどの数をくださるかによって、冷やすマジックバッグの容量が変わってきます。どれほどくださいますか？」

「メリッサさんの望む数を差し上げます。マジックバッグいっぱいの数をご用意いたしますよ。ただし、グレンさんにも言えることですが、食べすぎにはくれぐれも気をつけてくださいね。食べすぎたら、糖尿病や歯周病などの病気になりやすいと聞きます」

俺が言った病名がピンと来ないのか、二人とも頭に「?」を浮かべて首を傾《かし》げるも、メリッサは何にせよ食べすぎはいけないということですねと頷《うなず》いた。そして、彼女の持つマジックバッグの中でもっとも容量の大きいものを持ってきて、これにお願いしますと言われた。

容量はどれほどだろうかと思いながらも、マジックバッグに手を突っ込みながら、彼女に食べさせたゼリーと同じものを想像魔法で出していく。しかしかなり容量があるようで、俺のMPがマズイほど減っていき、息切れした。呼吸を整えるために深呼吸をした。

「ミーツさん、MPが足りないようでしたら、MP回復薬がたくさんありますよ?」

「あ、はい。いただきます」

彼女が用意してくれた回復薬を飲み、休憩《きゅうけい》を挟みながら、数時間かけてようやくマジックバッグをいっぱいにした。途中で同じものばかりでは面白くないと思い、様々な形や大きさ、味も変えて、マジックバッグに入れきった。

「まあまあまあ! 本当にマジックバッグの容量いっぱいに入れてしまうなんて! ではお約束通り、私が厳選したマジックバッグをお渡しします」

彼女が手に持っているのは、俺が選んだショルダーバッグと似ているが、容量はゼリーを入れた彼女のマジックバッグとさほど変わらないそうだ。

しかもそのマジックバッグの中に、デザインや大きさの違うマジックバッグを計十個入れてくれたという。試しに受け取ったマジックバッグに手を入れてみたら、頭の中にマジックバッグ十個と表示された。

「メリッサさん、逆にこんなにいいんですか？」

「もちろんです。もし、ミーツさんがこんなにいらないとおっしゃるなら、他の冒険者仲間にでも格安でお売りになればよろしいでしょう。それと、先程購入された三本角を外に出すための魔道具もお渡ししますね」

彼女はピンポン玉くらいの大きさの、透明な玉をくれた。使い方を聞くと、ギルド証に取りつけるそうで、どうやらステータス偽装の魔道具と同じやり方のようだ。

ここでグレンから「そういえば、ギルド証を返してなかったな」と渡された。

俺はダンジョンでよく使うバルーンのライトを魔法で出し、その明かりを通して玉を見つめてみる。すると、虹色のシャボン玉のように見えて、いつまでも見つめていたい気持ちになったが、ギルド証に取りつけるのを待っているメリッサと目が合ったため、いそいそと取りつけた。

「ミーツさんにお渡しした魔道具は特別なものですので、絶対になくさないようにお願いいたしますね」

「メリッサ、まさかオリジナルを渡したのか？」

「はい。なぜかミーツさんには渡さなければいけない気がして、渡しました」

グレンが何に驚いているのか分からないが、とても大切なもののようだ。

「ミーツ、メリッサが言ったように絶対になくすなよ？　それは、ここの空間の出入りが自由にできる魔道具だからな」

「ここの空間って、このテントのことですか？」

「あら、旦那様、ここの説明をまだしていなかったんですね」

「あ、いや、決して忘れていたわけじゃないぞ！」

「はあ……もういいです。分かりました。では私が説明いたしましょう」

メリッサは、グレンを見て呆《あき》れたようにため息をつくと、俺に向き直った。

「ミーツさん、ここはこのテントを含め、市場全体が巨大なマジックバッグの中にあるんです。旦那様はいつもの街壁から入っていらしたのでしょうが、大きな商品などがある商人は、どこからここに入っていると思いますか？」

街壁を大きいものが通ろうとすると、どうやっても目立つ。なら、マジックバッグに入れて出入りしているのかと考えたが、みんながみんな壁の前で大きなものをマジックバッグに入れていたら不自然だし……あれこれ考えるも答えが見つからず、俺は降参して彼女に答えを聞いた。

「ここは巨大なマジックバッグの空間ですが、出入口は一つではないのです。持っている魔道具の玉によって出入口は違いますが、玉を持っている方とその方が触れているものしか出入りすることはできません。また、玉を持っていない方が万が一侵入することができても、一生出ることができない仕組みになっております」

「へえ、俺の今いるここが巨大なマジックバッグの中か。ということは、もらったマジックバッグにも生き物を入れることができるんですか？」

「いいえ、それはできません。私もどういう仕組みかは分かりませんが、ここは大昔にとある魔法使いが時空を歪《ゆが》めて作った場所だと聞かされています。ただ、説明として巨大なマジックバッグの中と言うのが一番分かりやすいと思い、マジックバッグと言いました。先程渡した玉は、ここのような場所を偶然でも見つけた場合、入ることができます。なお、いつも他の商人などに渡している玉は、仮の通行証として複製したものです」

「ちなみにここは大昔、避難所として使われていたと、歴代のギルド長の間で言い伝えられている。まあ古い話なんで、本当かどうかも分からないがな」

本当にそんなものをもらっていいのかと思ったが、二人揃って「それだけ大事なものだから、報酬は巨大なプリンとゼリーでいい」と真剣な表情で言ってきたので、俺も素直に受け取ることにした。

早速、テントの天井に届きそうなくらいのプリンとゼリーを出してやると、グレンが真っ先に飛びついて犬食いを始める。そんなグレンにメリッサは怒るが、行儀の悪さに対してかと思いきや、先に食べてずるいという理由だったらしく、彼女もすぐさま大きめのスプーンで上品にすくって食べはじめた。

やっぱり似たもの夫婦。俺は苦笑いしながら、食べ飽きるのを待つことにした。

そうしてグレンは半分ほど、メリッサは三分の一ほど食べたところで、それぞれマジックバッグに収納し、今は幸せそうな顔をして床で眠っている。

しばらく起きるのを待ったが、一向にその気配がないことに痺《しび》れを切らした俺は、一人でこの巨大迷路のテントからの脱出を試みたものの、完全に迷った。

似たような通路ばかりのせいか、一方の壁に沿って歩いても、同じところを歩いているとしか思えないし、かといって並んでいるタンスや棚の上に登ろうにも、不思議な力によって押し戻される始末だ。

だが、そんな迷路のような通路にも終わりが見えた。ようやくテントの出入口にたどり着いたのだ。

やっとの思いでテントの外に出ると、そこでは既にグレンが待っていた。

「やっと出てきたか、俺を待たずに一人で行くから迷うんだぞ」

「そんなこと言ったって、幸せそうな顔で寝てたじゃないですか。あんな顔で寝られたら、とても起こせませんよ」

「だからってなあ。ここは決まった順路で行かないと迷うんだぞ。俺でも決まったところを通らなければ迷う」

ということは、俺が出てこられたのは奇跡ということか。恐ろしい迷路だ。

ここで俺は一つ試したいことがあった。本当に、ギルド証に取りつけた玉なしでは外に出ることはできないのか、ということである。

俺はグレンにギルド証を預け、適当な方向に走り出す。すると、すぐに店も何もなくなり、何もないところに出た。それでも構わず走り続けていたら、急に目の前にメリッサと会ったあのテントが現れて、派手にぶつかってしまった。

テントは岩のように硬くて、当たった足や顔が痛む。身体をさすりながらテントの正面へ行くと、グレンが出入口のところで番人の男たちと談笑していた。

「お、もう戻ってきたか。これで分かっただろ？　魔道具なしでは、どんな方向に走っても出ることはできない」

「ここってどのくらいの広さがあるんですか？」

「さあな、とてつもなく広いとは聞いているが、気にしたこともないな。ただはっきり言えるのは、最初にも言ったが、ここについては、王はもちろん王族にも秘密にしておかなきゃいけない、ということだ。さて、戻ってきたことだし、帰るか」

グレンにギルド証を返してもらい、番人の男と約束していた腕相撲《うでずもう》をやってから、数十頭の馬とトリケラトプスを連れて帰ることにする。グレンが、俺が先程走った方向に歩いていくので後をついていくと、急に周りの景色が変化して、真っ暗な森の中に着いた。

「え？　森の中？」

「説明しただろ。持ってる魔道具によって、出入口が異なるんだ。しかもその場所も、毎回同じとは限らない。まあ、ある程度は決まっているがな」

「なるほど。それにしても、もう夜なんですね。全然気づかなかった」

「あそこでは常に昼くらいの明るさだが、当然時間は経過している。だから行き慣れてない者は、外に出たときに困惑するんだ」

明かりがなければほとんど見えない状況なので魔法で明かりを出そうとしたら、先にグレンがランプに火を灯す。そして、それを掲《かか》げ、ユラユラと振った。

なんの動作だろうかと思っていると、真っ暗な森の先で、同じくランプらしき明かりが揺れているのに気がついた。

「ミーツ、あの場所に向かうぞ。外でやっている隠し宿屋だ。なかなかの大きさだから、数十頭の馬や三本角くらいは預かってもらえるぞ」

「隠し宿屋なんてところもあるんですか」

「そりゃそうだろ。あんな三本角みたいな珍しい魔物を連れて、王都近くの森に出入りしていたら怪しいだろうが」

俺たちは数十頭の馬とトリケラトプスを連れてランプのところに向かうと、突然大きな屋敷が現れた。

「ここも裏市場と同じような空間でできているらしいんだ。だから、魔道具を持たないやつは絶対に入ることができない」

屋敷から数名の男が出てきて、こちらの状況から、馬とトリケラトプスを連れていった。

トリケラトプスは俺から離れるときに哀しそうな顔をしたものの、今は離れるのは仕方ないことだと言い聞かせた。馬を連れていってくれる男たちにグレンが白銀貨を一枚渡して、数日の間頼むと言ってから、彼は再び森の奥に戻った。

てっきり街の門へ行くかと思っていたのに、森の奥に入っていく。不思議に思って、グレンに尋《たず》ねる。

「は～、門から出てないのに門から入ったら怪しまれるだろうが。ああいうのはな、どの門から出ても記録されるんだぞ。まあ門番に頼んで記録の改ざんもできないことはないが、お前ならともかく、ギルドマスターの俺が門番に賄賂《わいろ》を渡してみろ。そんなことは絶対に許されないし、必ずそういった話は漏れるものだ」

グレンの言うことはもっともだと思い、森からもう一度裏市場に戻って、裏市場経由で街に戻り、そこでグレンと別れた。グレンはまだメリッサと話があるようで、また裏市場に戻っていった。

俺はこのまま宿に戻ろうと歩いていたら、いつも買い物をしている雑貨屋の婆さんの店の前を通りかかって、ふと薬草を売った薬草師のことを思い出す。まだその代金を受け取っていない。

雑貨屋から近いのでちょっと様子を見にいくと、薬草師の家はなくなっていた。

元から崩れかけたボロボロの家だったが、家自体が潰《つぶ》れていたわけではなく、更地になっているのに驚いた。

俺が売った新鮮な薬草で回復薬を作り、それを売って金ができて引っ越したのかもしれないが、もしかしたら俺の薬草のせいで何かあったのではと少し不安になる。また明るくなってからここに来て、薬草師について近所の人にでも聞いてみようと思い、今日のところは宿に戻ることにした。

第八話

宿に戻って寝たものの、眠りが浅かったために早めに起きてしまった。目が冴えてしまって二度寝できそうもなかったので、木窓を開ける。まだ暗いが、多分そろそろ日の出の時間だろう。外に出る支度をして一階に下りたら、珍しく寝起きで髪がボサボサの女将《おかみ》を見てしまった。

「おはようございます」

「んあ、今起きたばっかりだから、朝食はまだできてないよ。もう少し待っておくれよ」

女将《おかみ》はそう言いながら、宿の玄関の鍵を開けてそのまま食堂に行き、水を入れた桶《おけ》を持って自室に戻っていった。

また朝食の頃にでも戻ればいいだろうと、新鮮な空気を吸いに外に出れば、目の前にシロが立っていた。

「あ、やっと女将《おかみ》さん起きたんですね」

「今までどうしていたんだ？　アリスたちとも一緒に行動してないみたいだし」

「アリスちゃんたちから聞いてませんか？　僕は今日で宿から、というか、この街から出ます。ミーツさんには色々とお世話になりました」

「え、一人でどこに行くというんだ？　何か当てはあるのかい？」

「一人じゃないですよ。僕にもようやく春がやってきたんです。そう、恋人ができたんですよ！」

シロは目を輝かせて告白してきた。

詳しい話を聞こうと俺の部屋に誘ったら、逆に恋人に会わせるから一緒に来てほしいと言われる。

二人でまだ薄暗い街中《まちなか》を歩いて、別の宿屋に到着した。

そこは、俺が泊まっている宿屋より少しボロいが、中は綺麗《きれい》にしているようだ。そのまま宿の食堂に向かうと、既に何人かの客が食事をとっていた。その中の一人がシロに気づき、手をあげて、手招きした。

「やあ、早かったね。もういいのかい？」

「ううん、まだよくない。仲間に別れを言いに宿に行ったんだけど、お世話になってた人にちょうど会ってさ、説明を兼ねて紹介しようかなって思って、連れてきちゃったんだ。ダメだったかな？」

「ふ、いいさ。シロの自由にすればいいさ。じゃあおじさん、私たちが泊まってる部屋で、説明と自己紹介をしよう」

この人がシロの恋人かと見つめると、どことなくシオンに似ていた。

彼がシオンに恋心を抱いているのは知っていたが、まさかシオンに似た人を新しい恋人に選ぶとは思わなかった。

「さて、改めてはじめまして。私はサギノンといいます。冒険者と行商人を兼業しています。シロとの出会いですが、街中《まちなか》でゴロツキに絡まれているシロを助けたのが始まりでした。ゴロツキなぞ、冒険者をしている私にとって雑魚《ざこ》も同然だと思って助けようとしたら、逆にやられてしまいまして。そこを、これまた逆にシロに助けてもらったんです。その後シロは介抱までしてくれて、私がシロに恋心を抱いたんです。それですぐに告白しましたら、シロは私と同じ同性愛者だというじゃないですか！　もう運命としか考えられません。それからはお互いを知るために数日一緒にいたのですが、そろそろ私は故郷の村に帰らなければならず、シロに私と一緒に村で一生をともにしてくれるよう頼むと、承諾してくれたんです。それで今朝、シロが仲間に別れを告げてくると出ていったところだったんですよ」

サギノンという男は一気に説明した。俺としては、どうも胡散臭《うさん》いと思ってしまう。

だが、シロもサギノンも幸せそうにお互いの手を握り、俺が目の前にいるのにキスをし出した。

「分かった！　正直サギノンは胡散臭《うさん》いと思うが、シロが決めたのなら俺が何を言っても無駄だろう。アリスたちには、シロのことをちゃんと説明してやるから、幸せになれよ。俺もあと数日したら旅立つが、先に旅立つシロに餞別《せんべつ》として、金貨三十枚とマジックバッグをやろう」

俺はサギノンへの印象を隠さなかった。そして、アイテムボックスにしまっていたマジックバッグを一つ取り出し、金貨を布に包んで一緒にシロに差し出した。

シロはサギノンとのキスをやめて、涙を流して抱きついてくる。だが俺は、サギノンがそんなシロを見ずに、金貨とマジックバッグを持つ俺の手を凝視《ぎょうし》しているのに気がついた。

「シロ、サギノンはやはり信用できない。金貨はマジックバッグに入れておくが、絶対にサギノンに渡すなよ？　あいつは今、俺たちじゃなく金貨を見ているからな」

サギノンに聞こえないように、抱きついているシロに耳打ちをした。

しかしシロは俺から離れ、そんなわけないじゃないですかと笑いながら、俺が耳打ちした内容をサギノンに喋《しゃべ》ってしまった。それを聞いたサギノンも笑ったが、明らかに目が笑っていない。彼はとんでもない詐欺師《さぎし》なのではないかと、シロが心配になって、最後に話があると、彼と二人きりで宿を出た。

サギノンのことは信用するなと言い聞かせるも、シロは聞かないばかりか、彼のことを悪く言うなら、俺でも許さないと殴《なぐ》りかかってきた。

「分かった。くれぐれも後悔しないようにね」

俺は殴《なぐ》られた頬《ほお》をさすりながら、金貨を入れたマジックバッグをシロに手渡して彼と別れた。なんとも嫌な別れだが仕方ない。

朝から嫌な気持ちになり、ひとまず宿に帰ろうと思ったけれど、そこでふと昨夜の薬草師のことを思い出した。雑貨屋の婆さんなら、更地になった薬草師の家のことを知っているのではないだろうか。そう思って、俺はその足で雑貨屋に向かうと、井戸からの帰りだろうか、水が張った桶《おけ》を両手で抱えている雑貨屋の婆さんと遭遇《そうぐう》した。

「おはようございます。それ持ちますよ」

「ああ、あんたか、ありがとね。どうも最近は歳のせいか、こんなものも重たく感じてしまって。歳には勝てないねえ。手伝ってくれる人もいないから助かるよ」

婆さんの水桶を持ち、店に向かう道中に軽く雑談をしたのち、薬草師について聞いてみる。薬草師はまとまった金ができたからと、引っ越しをしたそうだ。

薬草師が住んでいた家は引っ越した後すぐ崩れてしまって、崩れた建物の残骸は周りの家々の者や孤児たちが持ち去ってしまって、結果あの更地になったらしい。

「はあ～、やっと着いたよ。今日で最後になるから助かったよ」

雑貨屋に着くと、婆さんは息をついてそう言った。

「最後ってどういうことですか？」

「ああ、店じまいするんだよ。遠くに住んでる息子夫婦が、一緒に暮らそうと前々から言ってくれてたんだけど、ここは死んだ旦那との思い出が詰まった場所だから、なかなか踏ん切りがつかなくてねえ。だけど、何日か前に目の前で堂々と品物を盗まれたとき、それを追いかけることもできない身体になってしまったことに気づいて、ようやく吹っ切れたよ」

「そうですか、残念ですね。でも息子さん夫婦と一緒に暮らせるならよかったじゃないですか」

「ふん！　何がいいもんかね。最初はいいかもしれないが、そのうち疎《うと》まれるようになるよ。まあそういうわけだから、今日は大安売りしてやるよ。あんたはいつも布か桶《おけ》を買っていったな。今日は夕ダでもいいよ」

さすがにタダで譲ってもらうわけにはいかず、店に置いてある布や別の場所に保管してある桶《おけ》を買うことにして、一番小さな桶《おけ》に金貨を十枚入れて代金として手渡す。だが、婆さんは受け取るのを拒否した。

とはいえ、俺もやっぱりタダでもらうわけにはいかないと、息子さんのところに行く旅費にしてほしいと説得し、なんとか受け取ってもらった。

その代わりと、昔旦那が冒険者をやっていたときに使っていたという、ボロボロのマジックバッグを渡してきた。それも受け取るわけにはいかないとやんわり拒否するも、受け取るまで頑《かたく》なに引こうとしないため、渋々《しぶしぶ》受け取った。

やっぱり気が済まずに、追加で十枚の金貨を婆さんの手に握らせると、婆さんはこんなのはいらないと言うが、それでも無理矢理握らせる。婆さんは観念したのか、ため息を一つついて、やっと受け取ってくれた。

それからは、雑貨屋の品物をまとめて行商人に売ると言うので、その手伝いをして、昼頃には全てが片づいた。婆さんは明日にでも乗合馬車で息子夫婦のところに行くそうで、今日はとても助かったと感謝された。

婆さんと店の前で別れ、更地になった薬草師の家の前を通ったら、更地の地面を触っている薬草師がいた。声をかけると、振り向いて驚いたような顔をした。

「あ、あのときの冒険者。すまない、金を払おうにもどこに行けばいいか分からず、しばらく家で待ってたんじゃが、引っ越さないと家が崩れそうだったから、出ていったのじゃ。よければ今から新しい家に一緒に来てもらえんか？　ついでに、あのときのような薬草があれば、追加で譲ってもらえないじゃろうか」

「いいですけど、前にお渡しした薬草の分を支払ってもらえますか？　もし厳しければ、無理して支払わなくてもいいですよ。こちらも前よりは懐《ふところ》に余裕がありますから」

薬草師は何も答えず頷《うなず》くだけで、ついてこいと言わんばかりに先を歩き出した。

しかし薬草師は同じ道を何度も通るばかりで、本当に家まで連れていく気があるのかと不思議に思えてしまう。ようやく近くに汚水の川がある、たくさんある家のうちの一軒に入っていった。俺も続けて入ろうとしたら、目の前で扉を閉められてしまった。

外で待っていろということかと解釈してしばらく待っていても、一向に出てくる気配がない。扉をノックしても返事がないことに痺《しび》れを切らし、大した金でもないだろうから帰ろうと思って家から離れたら、後方から呼び止められた。

「どこに行くんじゃ！」

「あ、支払ってもらえるんですか？　出てこないんで、もう帰ろうかと思ってました」

「誰が支払うと言った？　お前たち、報酬は弾む！　こいつからあの新鮮な薬草のありかを聞き出すんじゃ！　こいつの荷物は好きに奪っていい、金もたんまり持ってるそうじゃ！」

薬草師が突然険《けわ》しい顔をして叫《さけ》ぶと、家々の隙間《すきま》から男たちが現れた。見覚えがあると思ったら、俺の服や荷物を奪ったチンピラどもだ。

「爺さん、本当に報酬もらえるのかよ。って、こいつ、あのときのおっさんじゃねえか」

「マジかよ。まだ生きてたんだな。今日は前より奇妙な服を着てるぜ」

「今回の服は頼まれてもいらねえな」

「おい、お前たち！　今回は薬草のありかを聞き出すんだ。奪うのは聞き出してからだ！」

この世界に来たときの俺の服を着たリーダーらしき男が一喝《いっかつ》すると、手下どもは指をポキポキと鳴らし、笑いながら近づいてくる。前と違って俺も随分と強くなったから、チンピラ相手でも余裕で勝てるだろうと思いつつ身構えるが、前に死にそうになるくらい痛めつけられたからか、手がブルブルと震え出した。

「ヒャッハー、このおっさん、俺たちが怖いんだろうな。震え出したぜ」

「素直に薬草のありかを言えば、殴《なぐ》らないでやるぜ」

「フヒヒヒ、まあ服以外のものは置いてってもらうけどな！」

「何黙ってんだよ！　早く吐《は》けよ！」

俺が身構えたまま震えていたら、手下どもはそれぞれ好き勝手に言い放ってくる。しかし黙ったままの俺に痺《しび》れを切らしたのか、一人が俺の腹を殴《なぐ》ってきたが、痛みは全く感じない。

俺が痛そうにしないのを見た他の男たちが、殴《なぐ》った男を馬鹿にしながらも、今度は全員で殴《なぐ》りかかってきた。

しかし、俺は全ての攻撃を紙一重で避けていき、後方で見ているだけのリーダーに近づいてその足をローキックした。バキッという鈍《にぶ》い音とともに、リーダーの両足が曲がってはいけない方向に曲がった。リーダーは悲鳴を上げて地面に倒れる。

「ありゃ、転ばそうと思っていたのに折れちゃったんだ。君ってこんなに弱かったんだね」

「グアアア痛てえ！　こいつ何か魔法を使ったに違いないぞ！　もういい、爺さんには悪いが殺してしまえ！」

「よくも兄貴を！」

手下どもは、服の中から刃渡り三十センチはありそうなナイフを取り出して斬りかかってくるが、その動きも俺にはかなり遅く見えるため、全て避けていく。そうしながら俺はやつらが疲れるのを待った。

薬草師を見ると、狼狽《うろた》えながら「殺しちゃいかん」と連呼している。

俺の狙い通り、ナイフで斬りかかってくるやつらは次第に疲れて、息を切らし座り込んでいく。

「クソがああ！　なんで当たらないんだああ！」

手下どもは、俺に攻撃が当たらないことに苛立《いらだ》つも、体力の限界なのか、立ち上がることができないようだ。

俺は最後まで立っていた一人を足払いで転ばせて、その足を掴んで素早く汚水の川に投げ落とした。

そして、薬草師とリーダーを除いた全員を、一応溺《おぼ》れないように川の浅めのところに投げ込んだ。

「うわあ、た、助けてくれえ、泳ぐ力も残ってないのにひでえ」

「大丈夫だよ。浅いから、立てなくても顔さえ上げていたら、ギリギリで息はできるはずだよ」

俺はニックと川を掃除した際、川のどこが浅くてどこが深いかを知ったのだ。

しかし、浅いからといって汚物がないわけではなく、浅いからこそ汚物が溜《た》まっていて、手のつけようがない場所なのだった。

「ちくしょう！　俺と爺さんだけ残して、どうしようってんだよ」

「そうだねえ。とりあえず服は返してもらおうかな。代わりに、雑貨屋の婆さんのところで買った清潔な布をやるよ。それと、俺から奪ったバッグは持ってないようだけど、どうしたのかな？　もう既に売ったのなら、どこに売ったか教えてくれないかい？」

服を脱ごうとしない男は、自身の状況がまだ理解できないのか、反抗的な目で俺を睨《にら》みつけてくる。そこで男の左肩を指で弾くと、ダラリと肩が脱臼した。

「クソが、分かった！　服を脱ぐからもうやめろ！　おっさんの荷物はバッグだけ売って、残りは川に捨てた」

「そうなんだ。それは残念だけど、まあ仕方ないな。それなら、服だけは返してほしいから早く脱いで」

上着はどうにか脱いで放り投げてきたが、ズボンは折れ曲がった足のせいで一人で脱ぐのは無理だったので、仕方なく裾《すそ》を掴んで脱がしてやる。

俺がリーダーの耳元で、改心する気があるなら曲がった足の治療をしてやるとだけ言い、後方でガタガタと震えている薬草師に近づくと、彼は尻餅《しりもち》をついて後退《あとずさ》りした。

「わ、わしは関係ない！　わしはただ、あの薬草のありかを知りたかっただけなのじゃ！」

「痛めつけようとした相手を前に、自分は関係ないってよく言えるね。悪いけど、俺はこのまま何もせずに終われるほどお人好しではないから、それなりに仕返しさせてもらうよ」

俺は薬草師にそう言うと、彼の右手を思いっきり握って、指や手の骨を砕《くだ》いた。

「治療は自分でやりなよ。それくらいなら、回復薬を飲めば治るでしょ」

「ひいい、回復薬は売り捌《さば》いてしまって、もう手元には残っておらんのじゃあ」

もう薬草師のことは放っておこうかとも思ったが、回復薬がないのにこのまま放置するのはさすがに気が引けて、仕方なく前に渡した薬草を百束放り投げた。

「これだけあれば自分で作って治せるでしょう？」

「あ、ありがたいが、この手ではうまく作れない。だから、今度こそ金はやるから回復薬を買ってきてもらえないだろうか？」

「そこまで面倒は見きれないよ。それくらい自分で買ってきな」

俺は薬草師から離れ、川に落としたチンピラどもに、リーダーの足を治したかったら、リーダーともども改心しろと大声で伝えた。

「改心したら、冒険者ギルドのパンチかモアのところへ行って頭を下げな。そうすれば、回復薬がもらえるよう、話を通しておくから」

大声を出したせいで周りの人の注目を浴びてしまったので、俺は早足でその場を去った。

その足で裏ギルドに向かい、パンチに事情を話した後、想像魔法でチンピラの人数分の回復薬を出して手渡し、ギルドでもモアを呼び出して同じように説明した。二人にはそこまでしなくてもいいのではと言われたが、まあ改心するかも分からない。ただ、それ以上の面倒を見るつもりはない。

ここまで来たついでだからと、人集めの途中経過を聞きに孤児院に向かうと、かなりの人数が応じるつもりですでに準備していると聞いて驚いた。これは、明日にでも護衛の冒険者の依頼をしなければならないな。

そんなことを考えていたら、二人のシスターに今日は孤児院に泊まっていってはどうかと言われ、俺は甘えることにした。子供たちと遊び、その純粋さに癒《いや》された。

神父は忙しいそうで不在だったが、明日朝一番で帰ってくるそうだ。

第九話

翌日、目を覚ますと、身動きできないほど俺の周りに子供たちがくっついて眠っていた。

どうしたものかと悩むも、それはすぐに解決することになった。なぜなら、孤児院ではお兄さんお姉さんと言える七歳ほどの子供たちが、木のお盆を叩《たた》いて大きな音を立て、まだ寝ている小さい子たちを起こしはじめたからだ。

俺の周りで寝ている子たちも例外なく起こして回り、無理矢理立たせて、顔を洗いに行かせる。毎朝のことで、すっかり慣れたものだった。

「おじちゃんは起きてたんだね。おじちゃんも顔を洗ってスッキリしてきてよ」

俺も促され、幼児が顔を洗っているところに向かった。子供たちは一つの桶《おけ》を使って交代で顔を洗っている。ここは思いっきり想像魔法を披露《ひろう》してやろうと、まずたくさんの水を出して宙に浮かせ、子供たち一人ひとりの顔をその水に入れさせる。そして水自体を洗濯機のように軽めに回して洗ってやり、水はアイテムボックスとは違う異空間に捨てた。

　顔どころか身体までグッショリと濡れた子供らに、今度は想像魔法で生暖かい温風が吹き当たるよう想像したら、想像通りに子供らの服や身体が乾いた。

　ここで、床も少し濡れてしまっていることに気づく。いっそのこと部屋全体を綺麗《きれい》にしようと、前にギルドの一室にしたように、想像魔法を使った。子供たちが寝るときに使っているシットリした毛布は新品同様のフカフカに、数台だけあるベッドも綺麗《きれい》になり、カビや黒ずみで汚れている壁や床さえも、ワックスで磨《みが》いたかのようにツルツルになった。

「す、すすすすっご～い！　おじちゃん今のどうやったの？　ねえねえ～！」

　ピカピカになった部屋全体を見て、やってやったと満足していたら、一人の子供が激しく聞いてきた。それを合図に、呆然《ぼうぜん》としていた他の子供らも我に返って、質問攻めをしてきた。

「あらあら、やっぱりミーツさんがいらっしゃると朝から騒がしいわねえ。え？　この綺麗《きれい》な部屋は……まさかミーツさんが？　いいえでも、昨晩までいつも通りだったのに」

　騒がしい子供の声を聞きつけてやってきたらしい老婆のシスターは、クスクスと笑いながら扉を開けた瞬間、部屋の変わりように、子供たちと同様に驚きの声を上げた。

「ミーツさん、これはどうやってやったのでしょうか？」

「おはようございます、シスター。魔法でちょっと綺麗《きれい》にしようと思ったんですが……少々やりすぎちゃいましたかね」

シスターは冷静になろうとして、目を瞑《つむ》って深呼吸を数回したのち、幼児を抱きかかえてそのまま部屋から出ていったが、閉めた扉の向こうで唸《うな》っていた。

「ははは、やりすぎちゃって、シスターは混乱しちゃったね」

まるで英雄を見るかのような目で俺を見つめてくる子供たちに一言話しかけるも、笑顔のまま頷《うなず》くだけなので、気まずくなってしまう。俺はシスターが気になって部屋の扉を開けたら、まだ扉の前で頭に手を置いて、ぶつぶつと呟《つぶや》いていた。

「えーと、昨日までは普通だった。でもミーツさんの言う魔法って？　魔法でやっても多少は音がするはずなのに、水の音しか聞こえなかった。でも、いや、うーん」

「ははは、なんかすみません。もう少しで退去する部屋を綺麗《きれい》にしてしまって」

「いえ、ミーツさん。それはありがたいことなので、謝る必要はないのです。どうやって綺麗《きれい》にしたかは気になりますが、あまり聞かないほうがよさそうですし、朝食にしましょう」

唸《うな》っていたシスターは、考えるのを諦《あきら》めたらしく、俺を食堂に行くよう促す。既に料理はできているらしく、美味《おい》しそうな香りが食堂一杯に漂っていた。

あとは長テーブルに並べるだけという状態だったため、俺の後ろについてきていた子供たちと一緒に手伝いをして、みんなで朝食を食べはじめた。

「ああミーツさん、来ていたのですね」

そろそろ食べ終わろうかという頃に、神父が帰ってきた。

「おはようございます、神父様」

「ちょうどよかった。新しい村に移住してくれる人の数ですが、二百人くらいになりそうです。大丈夫ですかな？」

神父の言う人数が多くて驚いて内訳を聞いてみたところ、孤児が百人ちょっとに、戦争によって片親になった家族、同じく戦争によって子供を失った老夫婦や、他の孤児院で世話をしている人たちなどだそうだ。まずはその人たちが行って村が落ち着いたら、ここまで大人数ではないものの、第二陣第三陣、と村に送り出そうと思っていると、神父は嬉々として語る。

「送るのはいいのですが、孤児たちや元からいる村の方たちに危害を加えない人にしてくださいね。それに、家族で行く方たちについては、自分の子供と同じとは言わないまでも、孤児にも愛情をもって接してくれる方が望ましいです」

「もちろんそこは厳選しております。何十年とここに住んで、街の者たちとも交流しているのです。私どもの見る目は間違ってはおりません！　みくびってもらったら困りますな」

念のためにと言ったのだが、神父は険《けわ》しい表情で俺を怒鳴《どな》ってきた。すると、俺のそばで話を聞いていた小さな子供が泣き出してしまい、神父は深呼吸をして穏《おだ》やかな表情に戻ると、泣いている子供たちを宥《なだ》め、頭を撫《な》でてやる。しかしこちらをちらっと見て、逆に今回護衛に雇う冒険者たちが、孤児たちに暴力を振るわない者であることを祈る、と言われてしまった。

まだ依頼を出していない俺は、そこに関してはまだ何も返答できず、今日にでも募集をかけて俺自身が面接をすると話して、逃げるように孤児院を出た。そのままギルドに向かったら、早朝ということもあって、いつも通り、たくさんの人で賑《にぎ》わっていた。

予想以上に移住希望者が多くて、緊急で多数の冒険者を雇う必要が出てしまった。先にグレンに相談しようと二階へ行くと、ちょうど廊下に彼もおり、忙しそうに動き回っているギルド職員に指示を出していた。

「おう、ミーツか。こんな朝からどうした？」

「お忙しいところ恐縮ですが、緊急でそれなりに実力のある冒険者を護衛として百人ほど雇いたいんです。どうにかなりませんかね」

「待て待て待て、こんなところで話す内容ではないだろ！　とりあえず俺の部屋で聞こう。まあ聞かないでも、なんのことかは大体分かるが……」

グレンはある程度職員に指示を出し終えた後、俺を連れてギルマス室へ入る。そして部屋に入るなり、彼は盛大にため息をついた。

「お前なあ！　百人は多すぎるだろ！　本来ならそんな条件の場合、早めに行動しなきゃ難しいんだぞ！　実力のある冒険者は、いい報酬を求めて遠くに行ったりするもんだからな。だがお前は運がいい！　お前が前に倒れた森のおかげで緊急招集された冒険者たちが、休息を兼ねてまだちらほらと街に残っているからな。俺の知っている冒険者も雇うのを条件に、今から緊急依頼をかけるぞ」

「グレンさんの知ってる冒険者は、実力はあるんですよね？」

「当たり前だ！　じゃあ早速、条件を聞く。あまり時間がないんだろ？　報酬はいくらくらいで考えている？」

「はい。移動に片道三日ほどかかるらしいので、報酬は一人あたり、金貨一枚から三枚くらいが妥《だ》当《とう》かなって思ってます。応募があったら、ギルドの訓練場を使わせてもらって、俺が自分で面接と実力を測るテストを行いたいと考えています」

彼は分かったと頷《うなず》くと、すぐさま自身の机に向かってサラサラと紙に何かを書いてそれを持ち、一階の掲示板にバンッと貼りつけた。

「これは、ギルドマスターである俺が認める緊急依頼だ！　実力のある者は是非《ぜひ》受けてくれ。報酬は書いてある通りだ。明朝からギルドの訓練場を貸し切り、面接と実力を見るためのテストを行う！　面接とテストは、依頼人であるこのミーツという男が行うそうだ」

彼は、冒険者でごった返しているフロアに向けて、聞いたことがないほどの大きな声で、緊急依頼を出した。

それにより騒がしかったフロアは静まり、たった今入ってきた冒険者たちは何事かと目をぱちくりさせている。

しかし一瞬ののち、冒険者たちは歓喜の声を上げて、グレンの貼った依頼内容を読むために我先にと押しかけた。そして、依頼を見た者が次々と俺に頭を下げて雇ってくれと頼んでくるので、俺は慌《あわ》ててグレンの部屋に戻って、どんな内容を書いたかを聞いてみる。すると、グレンは同じ条件を書いて見せてくれた。

彼の書いた依頼内容はこうである。

『緊急依頼、護衛。拘束日数六日〜十日、報酬一人当たり金貨一枚〜三枚。パーティでの参加でも一人ひとりに報酬は支払われる。応募資格はDランク以上。ただし、依頼者が認めた実力のある者はその限りでない』

依頼内容は簡潔で分かりやすかった。自分で依頼しておいてなんだが、こうやって改めて条件を見ると、一階で冒険者たちが雇ってくれと言ってきたのも分かるような気がする。

とはいえ、明日本当に冒険者たちが来てくれるかとドキドキしてきた。だが、俺は俺で準備をしなくてはいけないと気を引き締《し》める。グレンに礼を言い、部屋から出ていこうとしたら、彼に呼び止められた。

「一つ忠告しておくが、今日はあまり出歩くなよ？　お前をみんなの前で紹介したことで、お前が金を持っていると知られたわけだから、襲われる可能性もあるからな。まあ、お前の実力なら問題ないと思うが。それでもくれぐれも気をつけろよ」

「忠告と緊急依頼について、ありがとうございます、気をつけますよ。ではこれから、ダンク姐さんとシオンに、近日中に王都を出ることを伝えてきます」

「――ちょっとお兄ちゃん！　あの依頼なんなの！　あんな破格の護衛報酬、王族の護衛でもするの？」

今度こそ退室しようとしたとき、ダンク姐さんが叫《さけ》びながら部屋に飛び込んできた。

グレンは「また厄介《やっかい》な」と呟《つぶや》くも、ダンク姐さんに依頼書を手渡して、経緯を話した。

話を聞いていくうちにダンク姐さんはみるみる笑顔になって、俺を抱き上げ、ミーツちゃん凄《すご》いわ凄《すご》いわと言いながら、クルクルと回りはじめた。

そんなダンク姐さんを止めるべく、グレンが「うるさい！　よそでやれ」と怒鳴《どな》った。

ようやく俺を放してくれたダンク姐さんは、明日護衛希望者の面接とテストをする俺がちゃんと相手の実力を測れるのか確認すると言い出し、俺を引っ張ってギルドの訓練場に向かった。途中で通ったギルドの二階フロアも一階フロアも、俺の依頼の話で盛り上がっている。

「ミーツちゃん、依頼人として知られてるなら、素早く行くわよ。あたしの動きについてこられるかしら？」

「もちろん、それなりに自信はあるから行くよ」

ダンク姐さんは人混みの中を誰ともぶつからずに縫《ぬ》うように抜けていく。さすがだと思いつつ、俺も同じような動きで人混みの中を抜けようと試みる……が、やっぱり依頼人として見つかり、揉《も》みくちゃにされてしまった。それをなんとかあしらい、ようやく人混みをくぐり抜けて、訓練場までたどり着くことができた。

美味《おい》しい依頼にみんな夢中のせいか、訓練場は人が全くおらず、俺とダンク姐さんの貸し切り状態だ。

「ふふふ、遅かったわね。途中で冒険者に見つかっちゃうから遅くなるのよ」

「そこはどうしようもないね。しかし、ダンク姐さんの方が身体も存在感も大きいのに、さすがだよね」

俺が肩をすくめて言うと、ダンク姐さんは嬉しそうに笑った。そして表情を引き締《し》め、俺と向かい合う。

「お兄ちゃんからミーツちゃんの実力は聞いているけど、まだまだ負けるつもりはないわよ。だから本気でかかってきなさい！　不安なら、ハンデとして武器を使ってもいいわ」

ダンク姐さんにそこまで言われては、本気を出すしかない。拳を振り上げて思いっきり殴《なぐ》りかかる。しかし、ダンク姐さんは避けようとしない。そこで寸止めしたら、険《けわ》しい表情になって頬《ほお》を往復ビンタしてきた。

「ミーツちゃん、なんで叩《たた》かれたか分かる？　そう、寸止めしたからよ。あたしは本気で来なさいと言ったはず。ミーツちゃんの攻撃くらいで大したダメージは受けないわ」

ダンク姐さんによる叱責《しっせき》にハッとして、自分自身を拳で殴《なぐ》って考えた。

俺は急激にレベルが上がって、一人でダンジョンを制覇し、グレンがすぐにやられてしまったミスリルのミノタウロスさえも簡単に倒したことで、だいぶ自惚《うぬぼ》れていたらしい。自分の驕《おご》りが恥ずかしくなり、反省した。

「分かった。じゃあ、本気でいかせてもらう。死んでも恨《うら》まないでくれよ」

「そうこなくっちゃ！　さあ、どこからでもかかってきなさい！」

ダンク姐さんは両手を上げて構えた。無防備な腹周りに狙いをつけて殴《なぐ》りかかるが、タイヤのように分厚いゴムのごとく押し返されてしまった。一瞬怯《ひる》んだものの、すぐさま一点集中で脇腹を殴《なぐ》り続けた。

しかし、ダンク姐さんもサンドバッグになるつもりはないらしく、上げた両手を組んでそのまま俺に向かって振り下ろしてくる。後退《あとずさ》りしてそれを避けたら、わざとなのか振り下ろした拳をそのまま地面に叩《たた》きつけた。地面が激しく割れる。

「なんて力だ。ダンク姐さんが強いってのは分かっていたけど、この硬い地面が割れるほどとは」

「ふふふ、ミーツちゃん。あたしはまだまだ本気じゃないのよ？　さあ、武器を持って戦いなさい！　ミーツちゃんのご自慢の力を、ことごとく潰《つぶ》しちゃうから！」

ダンク姐さんはこちらに向かって駆け出し、同時に拳を振り上げた。スレスレで避けることができた拳が、目の前で凄《すご》い風圧と音を伴って通りすぎていくのに恐怖した。

あんなのがまともに顔に当たれば、頭が吹っ飛ぶのではないだろうか。

だが、ダンク姐さんの拳の攻撃は止まらない。言われた通りに武器を使うのは癪《しゃく》だが、仕方なくアイテムボックスにしまっている採取用のナイフを取り出して、迫ってくる拳に突き立てる。しかし拳には一ミリも刺さらず、ナイフを持ったまま綺麗《きれい》に顔面を殴《なぐ》られてしまった。

そこからは、倒れた俺の腹や太もも、肩に腕を一方的に蹴りつけてくる。降参や参ったと言っても蹴られ続けて、これは死ぬと思ったそのとき、俺は無意識にダンク姐さんの顔に水を覆い被せていた。ミノタウロスとの戦いで勝利した攻撃だ。

それによりダンク姐さんは動きを止めたものの、しばらく目を閉じて、次に目を見開いた瞬間、覆っていた水が弾け飛んだ。

そのわずかな時間で、俺はあまりの恐怖に、自分とダンク姐さんとの間に炎の壁を作り出したが、凄《すご》い風圧とともに壁が吹き飛んだ。

ダンク姐さんが手を横に振ったかららしい。

「なんてデタラメな強さだ。俺も強くなったと思っていたのに、まだこんなに差があるのか」

「ふう、もういいわ。ミーツちゃんの実力がどのくらいか分かったから、このあたりで終わりにしてあげる。ミーツちゃんは自分で回復できるわね？　さ、早く回復して立って」

ダンク姐さんに一方的にやられた組み手は終わり、言われた通りに、自身の傷を癒《いや》していく。それでもまだ頭がふらふらしているが、どうにか立ち上がると、トドメの一発とばかりに顎《あご》に強烈なアッパーを食らって意識を刈り取られた。


目を覚ましたら、岩のように、ゴツゴツした硬いものが頭の下にある。ぼんやりした視界が徐々にはっきりしていくと、ダンク姐さんの顔が目の前にあって、俺を見下ろしていた。どうやら俺は、ダンク姐さんに膝枕されているようだ。

岩かと思っていたのがまさか太ももだとは思わず、すぐさま飛び起きるも、目眩《めまい》を起こして倒れそうになり、ダンク姐さんに支えられる。

「ミーツちゃん、最初に比べたら随分と強くなったけど、まだまだ弱いわね。お兄ちゃんに話を聞いたときは結構やると思ったのに。まだあたしに本気を出させるほどではないわ。どのくらい強いかは教えてあげない。でも、そこそこ誇っていいわよ」

「ははは、手も足も出なかったのに誇っていいと言われても、自信を失っちゃうね。明日は俺が他の冒険者の実力を測る立場なのに、こんな体《てい》たらくじゃあダメだね」

「そんなことないわ！　少なくとも、この国にいるあたし以外の冒険者には余裕で勝てるはずよ。ミーツちゃんは本来の武器を手にしてなかったみたいだし、魔法も中途半端だったから、本領発揮できてなかったかもしれないし。もし万全の状態で本気で戦っていたら、勝負はどうなってたか分からないわよ」

ダンク姐さんの気遣いに、俺は苦笑いする。そんな話をしている間も、俺はダンク姐さんに支えられていたわけだが、ようやく少しずつ足に力を取り戻して、自力で踏ん張れるようになってきたのを確認し、ダンク姐さんから離れた。

それからは戦いについてのアドバイスや、魔物と人との戦いの違いについて、先程の戦いの反省点などを交えながら話した。

第十話

翌日、今度は俺が冒険者たちの実力を測る立場になる日だ。

昨日は宿に帰ってかなり早めに休んだため、朝早くに目が覚めてしまった。まだ真っ暗で、外を見ても酔っ払いくらいしか歩いていない。

もちろん宿の女将《おかみ》も起きてはおらず、宿の鍵も締まったままだ。俺は信用がないのか、それとも頻繁《ひんぱん》に宿を空けているからなのか、宿の合鍵をもらっておらず、玄関から外に出ることはできない。しかし部屋の窓から出ることはできる。空《から》のマジックバッグ数点と武器をアイテムボックスに入れ、アイテムボックスのカモフラージュとしてウエストバッグ型のマジックバッグをつけた状態で外に出て、ギルドに向かった。

ギルドも眠そうにしている受付嬢が二人いるだけで、ガランとしている。ギルドの酒場の方に目を向けると、酔っ払った冒険者たちが椅子やテーブルの上でイビキをかいて寝ていた。

こんな時間だし、グレンを訪ねるのはさすがに失礼すぎるだろうと思って、今日使う訓練場に下りていったら、既に数名の冒険者の姿があった。訓練場の壁に寄りかかって寝ていたり、仲間同士で今日行われる面接についての話をしている。

昨日あの場にいなかった冒険者のようで、俺の方をチラッと見たが特に反応はせず、どんなやつが来るんだろうなと話し合っている。俺は、そんな雑談をしている彼らから離れた場所で軽く準備運動をした後、昨日のダンク姐さんとの戦いを思い出して、イメージトレーニングをしようと目を瞑《つむ》った。しかし、簡単に負けてしまったことばかり思い出してしまううえに、イメージの中のダンク姐さんすらも圧倒的に強すぎて、思わず目を開けて身震いした。

するど、先程雑談していた冒険者連中がこちらに近づいてきた。

「おいおいおっさん、おっさんも今日、美味《おい》しい依頼の話を聞きつけてきたのかあ？　見る限りじゃあ、おっさんは無理だろ。さっさと帰って寝てな」

「どうしても受けるというなら、こういう実力もないやつが美味《おい》しい依頼を受けるのはいただけないし、先に潰《つぶ》しておかないとなあ」

どうやら、依頼は先着順で受けられると勘違《かんちが》いしているみたいで、潰《つぶ》すと言いながら俺を取り囲んだ。

「依頼のことを誰に聞いたかは知らないけど、受けられる受けられないは先着順ではないよ。実力はもちろん、人間性も見られる面接だから、俺を倒したところで、かえって不利になる可能性があるよ？」

「あーっはっはっ、怪我《けが》をしたくないからっておっさん必死だな。それだけあの依頼を受けたいってことだよな！」

全く聞く耳を持たない連中らしく、その中の一人が殴《なぐ》りかかってくる。しかし、まるでスローモーションのようにゆっくりと動くのに驚いてしまう。もしかして、さっき落ち込んでいた俺を見ていて、わざとそうすることで、俺に自信をつけさせてくれているのだろうか。

言動こそは最低だが、意外といいやつらなのかもしれない。それに乗ってやろうと、迫ってくる拳を受け止めたら、なにいっと驚きの声が上がった。

なるほど、演技も上手なんだな。俺は嬉しく思いニヤけていたら、拳を受け止められた彼は今度はナイフを取り出して斬りかかってきた。当然それも遅いので、もう片方の空いてる手で彼の手首を手刀で打つと、ポキッと小枝でも折ったかのような音が聞こえた。

「うわあああ！　痛てえよお！　クソがあ」

「チクショウ！　仲間になんてことをしやがる」

「もう許せねえ！　おっさんの有り金と持ちもん全部奪って、回復薬を買いに行こうぜ」

冒険者というより盗賊に思えてくるセリフだ。演技に付き合っているとはいえ、手首の骨を折ってしまったことは悪いと思って、想像魔法でダラリと垂れ下がっている彼の手首を癒《いや》した。

「さあ手首も癒《いや》したし、次はどんな演技を見せてくれる？」

「な、なんか、このおっさん、やべえぜ」

「そ、そうだな。おっさん、命拾いしたな！　でも、せいぜい夜道の背後に気をつけるんだな！」

「お前たち、ま、待ってくれよお」

演技は終わりなのか、最後に背後に気をつけろとアドバイスまでくれて、彼らは訓練場から出ていった。

「くくく、面白いものを見せてもらったよ。今回の緊急依頼の依頼主さん」

立ったまま寝ていた一人の冒険者が近づいてきた。俺のことを知っているようだ。

「君も面接を受けるのかい？　だとしたら、さっき彼らにも言ったように、実力と人間性のよさが必要だけど、そのあたりは大丈夫かな？　さっきの彼らは俺に自信をつけさせるために、わざとダメダメな演技をしてくれたみたいだから、少し自信を取り戻したんだけど」

「彼らは演技なんかしてないさ。あれが彼らの実力で、人間性も最低だ。こんな時間に面接は始めないだろ？　面接開始まで、私は仲間を待ちながら休ませてもらうよ」

彼はまた元の位置に戻って壁に寄りかかった。

あれは演技ではなかったのか？　首を傾《かし》げながら、なんとなくあたりの様子を見てみる。訓練場にいる他の冒険者は先程のやり取りを見ていたらしく、こちらに近づこうともしないで、ボソボソと小声で話していた。

まあいいか。身体も温まって調子が良くなってきたところで、アイテムボックスに入れていたスマホを取り出すと、まだ充電は切れてないみたいでホッとした。しかし、電池の表示が∞になっているのに気がついた。

もしかしたら、俺の魔力がスマホに流れて、魔道具化してしまったのかもしれない。まあ、深く考えても仕方がないと思って時間を確認する。そろそろ外も明るいであろうという時間になっていた。訓練場から出て一階に戻れば、酒場にいた酔っ払いは消え、代わりに強そうな冒険者たちで溢《あふ》れている。

スマホで見た時間通り、外はうっすらと明るくなっており、これくらいの明るさなら、グレンのもとに行っても大丈夫だろうと、ギルマス室に行ってみる。扉をノックしたら、不機嫌そうな声で入れと言われ、部屋に入ったら、グレンだけでなくダンク姐さんとシオンもいた。

「あらんミーツちゃん、昨日ぶりね」

「ミーツ、いよいよ出発が決まったんだな」

「ミーツはこれから面接があるからまだいいとして、ダンクとシオン！　お前たちは来るのが早すぎだ！」

「だってえ、お兄ちゃんとの別れの挨拶《あいさつ》は大事でしょ？」

「俺は、グレンに預けていたミーツのレリーフを取りに来ただけだ。ダンクと一緒なのはたまたまだ」

「まったく、まだすぐに出発するとは言ってないだろうが！　少なくとも三、四日は先だと、昨日言ったばかりだというのに」

どうやら昨日、グレンがダンク姐さんとシオンに、出発について伝えてくれていたようだ。

俺は俺で、グレンにこれからのことを相談しに来たので、早速話を始めよう。

「昨日言った通り、これから訓練場を使わせてもらいますが、いいですよね？」

「ああ、俺も職員に言いに行く。ダンクとシオンはしばらくここで待ってろ！　レリーフはここにはないから、ついでに取りに行ってくる」

グレンとともに部屋を出る。そして、これから依頼の面接を行うとグレンが大声で伝え、一階でも同じように告げると、ゾロゾロとたくさんの冒険者が訓練場についてきた。

グレンは途中で、ギルド職員たちに訓練場を貸し切りにする話をしに行くため別行動となった。

いつもはだだっ広い訓練場だが、数百人の冒険者たちが集まっているため、かなり狭く感じる。

速《すみ》やかに進めないと何日もかかってしまうので、全ての冒険者たちに聞こえるよう大声で、自信のあるやつから名乗り出て、かかってこいと言った。

「じゃあ、ここは俺たちが最初だな」

最初に出てきたのはモブで、後方にはやる気満々な様子のビビとポケもいる。しかし、こいつらの実力も人間性も既に知っているから、面接とテストの必要はなく、無条件で合格と伝える。それなのに、モブとビビはやたらと落ち込んでしまった。

「あ、でもモブたちも、冒険者たちの実力テストに協力してくれたら嬉しいかな。とりあえず、実力的にはポケより少し強いくらいが目安だから」

「分かりました！　師匠と戦えないのは残念だけど、何もここで戦わなくても、移動中に組み手してもらえばいいもんな。俺は師匠の弟子のモブだ！　雑魚《ざこ》冒険者には依頼を受けさせないぜ」

「そ、そうだよ。師匠の依頼は誰でもいいわけじゃないんだからね。弱い人は受けないでよ」

「モブもポケもやる気満々だし、仕方ないなあ。ミーツさんにそう言われたら、協力しないわけにはいかないよねえ。いいよ、協力してあげる」

モブたちは俺が協力を頼むとすぐに元気になって武器を構え、後方にいる冒険者たちを挑発しはじめた。それにより、他の冒険者たちは殺気立ち、彼らの多くがモブたちに向かっていく。その中には、今朝方俺に自信を取り戻させてくれたあの冒険者たちの姿もあったが、俺が見てると気づいたみたいで、こちらを見ないようにしながらモブの方に向かっていった。

残された俺はどうしたものかと思っていたら、誰かの呼ぶ声に気づく。

声の方向に目を向けると、アリスたちがいた。実力的にはまだ弱いけど依頼を受けたいと言ってきたが、そこは贔屓《ひいき》するわけにもいかない。それなら実力を見せてもらうと返したら、後方から突然火の玉が俺の顔を目がけて飛んできたので、思わず手で叩《たた》き落とした。手は無事だったので安心していると、ジャスが斬りかかってくる。

彼らもダンジョンで鍛《きた》えたり、その後も個人的に魔物を狩ったりして、随分と実力を付けたみたいだ。今のジャスの動きだけなら、ポケと同じか少し弱いくらいだろう。

後方で魔法の詠唱を始めているアリスと愛を含めて考えれば、十分戦力になると判断したものの、念のためジャスの攻撃をあしらいつつ、魔法を放たれるのを待つ。すると、鋭い石礫《いしつぶて》が飛んできて俺の足止めをし、次いで火のカーテンが俺の周りをグルリと囲んだ。

なんという魔法かは、この騒音の中なので聞こえなかった。俺は自分を囲んでいる火のカーテンを、昨日ダンク姐さんがやっていたように素早く力をこめて、手で払った。

「お前たちも合格だ。実力は少し足りないけど、それはこれからの努力に期待する。連携をもう少しスムーズにやれれば、牛魔くらいだったら、倒すのにそこまで苦労しないだろう」

「アリスちゃん、愛ちゃんやったな！」

「うん！　おじさんの依頼を受けられて嬉しいです」

「やったやった！　おじさんおじさん、報酬って一人当たり金貨三枚だよね？」

ジャスとアリスは素直に喜んでいるが、愛は早速報酬の話をしてきた。まあそれも愛らしくて、面白いと思ってしまう。

「そんな子たちでも合格しちゃうなら、ボクもいいよね？　ボクはロイス、これでもBランクだよ。君が、ニックの言っていた依頼者兼冒険者だよね？」

アリスらを合格とした後、すぐさまロイスと名乗る見た目は八～十歳くらいの女の子が俺の前に出てきた。

「うーん。いくらニックの紹介でBランクといっても、子供はねえ？」

「ムッキー！　ボクはこう見えて大人なんだぞ！　ニックよりも歳は上なんだぞ！」

「ええ！　もしかしたらロリババアってやつ？　初めて見た」

「あー！　言～っちゃった言～っちゃった。それボクに言った人はね、みんなこうなっちゃうんだよ！」

ロイスは拳を振り上げて凄《すご》い速さで飛びかかってくる。しかし昨日のダンク姐さんよりも遅く、対処できる程度なため、余裕を持って避けた。すると今度は着地した途端に連続で拳や蹴りを繰り出してくる。俺はそれも全て避ける。痺《しび》れを切らしたらしいロイスが跳び蹴りを繰り出してきたところで、その足を掴んで思いっきり放り投げると、まだ実力テストをしていない冒険者にぶつかりながら、訓練場の壁に突き刺さった。

「うわっ！　生きてる？」

やりすぎたと思って慌《あわ》てて壁に突き刺さっているロイスの様子を見にいくと、膝から上が壁にめり込んでいる。けれど、微《かす》かに声が聞こえてきたので耳を澄ませば、次は勝ってやるぅっと壁の中で喚《わめ》いていた。無事で何よりだ。

それからは特にめぼしい冒険者も現れないまま、次第に数が減っていく。俺が試して合格と告げた者と、あとはモブたちが実力的に申し分ないと判断した者には、壁際で待機してもらっている。

まばらになってきた冒険者たちの中に、女性のみのグループが二組いた。そのうちの一組の中の一人が、やたらと俺を睨《にら》んでいる。

それは前に出会った、ビキニアーマーの女性だった。

「あんた！　パーティでの参加は全員で挑まなきゃいけないのかい？」

「いや、実力が知りたいだけだから、代表者一人でもいいよ」

ビキニアーマーの女性が今にも殴《なぐ》りかかってきそうな勢いで、ぶっきらぼうに質問してくる。ドキドキしながら質問に答えたら、彼女が前に出てきた。

「なら、あたいが戦うよ。あたいのパーティは『アルテミス』ってんだ。あたいがリーダーのキャロライン、よろしくな！」

キャロラインと名乗った彼女は、すぐさま拳を振り上げてきた。それはロイスよりも遅いものの力強くて、当たればかなりの威力だというのが分かった。俺が躱《かわ》し続けていると、キャロラインはいつまでも当たらない拳を振るのはやめて、掴みかかる戦法に変えた。ただ、ブツブツと何かを呟《つぶや》きながら俺を捕まえようとしてくるので、あえて捕まってみた。

「あーっはっは！　これであたいの勝ちだよ！　あのときは余計なことをしてくれたね！　助かったけど、逃げたのはいけないねえ」

やはりあのときのことを怒っているのか。彼女は捕まえた俺の背後に回って、バックドロップを仕かけてきた。まずいと思って彼女の腹回りをくすぐったら、身をよじらせて放り投げられた。

「なんて卑怯《ひきょう》な真似《まね》をする男だ！　もう依頼なんてどうだっていい！　おい、武器をよこしな！」

キャロラインがそう言うと、仲間の一人が当たると痛いじゃ済まされないトゲがたくさんついた木の棍棒《こんぼう》を彼女に渡した。

「さあ、観念しな！」

そう叫《さけ》び、素手で殴《なぐ》りかかってきたときよりも速く棍棒《こんぼう》を振ってくるが、まだ対処ができる速度だ。俺は避けたときにわざとバランスを崩して隙《すき》を作ると、キャロラインがここぞとばかりに両手で棍棒《こんぼう》を振り下ろしてきた。

ここがチャンスだと思って、彼女の両手首を掴んで力をこめたら、辛《つら》そうな表情をして棍棒《こんぼう》を落とした。そのまま掴んだ手首を竜巻のようにクルクルと振り回していたら、回転の途中で手が離れて、キャロラインが飛んでいってしまう。急いで追いかけ、なんとか壁に激突する前に支えることに成功した。

お姫様抱っこの形だが、俺も座っているし、はたから見たらかなり不格好な姿だろう。

「あんた……。こんなあたいでも助けてくれるなんて、なんていい男なんだ。でもあたいは、あんたを殺すつもりで武器を振り上げたし、失格だろう？　頭に血が上ってしまって悪かったね」

「いいよ。実力を見るためのテストだから、あれくらいなら許せるよ。実力も、素直に謝れる人間性も合格だね。キャロって呼んでもいいかな？　キャロラインってなんか長くて」

キャロは頬《ほお》を赤くして、まだ少し怒っているのか、そっぽを向いて勝手にしなと言った後、俺の首に手を回してきた。

「あんた、ツレはいるのかい？　あたいは強い男が大好きなのさ。だからもし、ツレや好きな人がいなければ、あたいをあんたのツレにしてほしいんだよ」

怒っているわけではなかったようだ。それどころか、突然告白をされてしまった。

「悪いけど、キャロとは今日初めてちゃんと接して、まだどんな女性かも分からないから、その話は受けることができない」

俺が断ると、小さな声で分かったと言いながらも、首に回した腕はほどかない。そのまま抱きかかえて仲間のもとに連れていったら、渋々《しぶしぶ》だが腕をほどいて降りた。

「まあ！　大口を叩《たた》いてあっさり負けるなんて、キャロラインらしいですわね。次はわたくし、パーティ名『ヴァルキリー』のリーダー、カミラがお相手いたしますわ。間違っても男もどきなんて言わないでくださいまし。もし言えば、どうなっても知りませんわよ」

もう一つの女性パーティの中から男装をしている女性が出てきて、大声で名乗った。最初から武器である鞭《むち》を手にしている。それを見た瞬間、厄介《やっかい》な武器だと思った。

鞭《むち》は、殺傷能力は低いが相手にダメージを蓄積させるため、拷問《ごうもん》にもよく使われると認識しているからだ。

「最初から見ていましたが、武器を手にするのはよろしいのでしょう？」

「もちろんいいけど、厄介《やっかい》な武器を使うね。でも普段、ソレで魔物を倒せるの？　それに男装しているだけで、見た目は綺麗《きれい》な女性だから、男もどきなんて言えるわけないよ」

「な、ななな何を言っていますの！　わたくしを動揺させようとしても無駄ですわよ。それに、この鞭《むち》は人用ですわ。魔物には、先に刃物がついている強めのものを使いますの。……無駄話はこれまでにして、いきますわよ」

カミラは怒りに満ちているのか顔を真っ赤に染め、鞭《むち》を地面に一度叩《たた》きつけた。武器からでも分かるが、キャロと違って接近戦タイプではない。鞭《むち》を振り回して近づけないようにしている。しかし鞭《むち》なぞ、今の俺なら当たってもそう痛くないだろうと、腕で顔をガードしながら近寄ってみる。ところが、いざ腕や身体に当たってみたらとんでもなく痛くて、当たった箇所があっという間にミミズ腫《ば》れになり、後退するしかなかった。

「軽はずみに近寄ると、今みたいに痛い目に遭《あ》いますわよ。おーっほっほ！」

「漫画や小説のお嬢様みたいな笑い方するね。実際にそんな笑い方する人初めて見たよ。でも、全く勝ち目がないわけじゃないんだよね」

「負け惜《お》しみを！」

カミラが鞭《むち》を振り回す速度を上げる。すると、地面に叩《たた》きつけられた鞭《むち》は地面を抉《えぐ》って砂埃《すなぼこり》を上げる。

先程と同じように突っ込んだら同じ目に遭うことが分かっているので、鞭《むち》や彼女の腕、手の動きを観察して、近づくことができる隙《すき》を窺《うかが》う。そして再び近づいてみるも、やはり鞭《むち》を当てられてしまった。

それならば、自身に鞭《むち》を当てられた瞬間に回復する想像魔法を使いながら近づいたらいいのではないかと考え、また高笑いしているカミラに接近してみた。服ごと肉が裂け、血飛沫《ちしぶき》があがるもすぐに回復させる。かなり強引な手だが、無事カミラの懐《ふところ》に入り込み、彼女の手首を強く握りしめる。すぐにミシミシと嫌な音が響き、カミラが鞭《むち》を手放した。瞬間、隙《すき》を見せてはいけないと思って、鞭《むち》を取り上げて離れた。

「さあ、武器を取り上げたから俺の勝ちでいいかな？　手首は多分ヒビが入ったよね。治療するから、こっちに来てくれないか」

カミラは大人しく俺に近づいて、手を差し出してくる。治療しようと思ったのも束の間、油断していた俺は腹に蹴りを入れられた。

「武器などなくても、わたくしは負けませんわ！」

蹴り飛ばされたときに俺が手放してしまった鞭《むち》を彼女は手にし、再び振り上げ攻撃してきたが、手首がよほど痛むのか辛《つら》そうな顔を見せた。

たかがテストでここまでするかと思うも、俺が完全に勝利しなければ、カミラは合格を出しても受け入れないかもしれない。

仕方なく、先程と同様のやり方で、振り回す鞭《むち》の攻撃の中に入ると、また手首を掴まれると思ったのか、鞭《むち》を持っている手で殴《なぐ》りかかってきた。しかし、俺の狙いは手ではなく足元だ。カミラの拳を避けてスネのあたりをローキックしたら、蹲《うずくま》って涙目で睨《にら》まれてしまった。

「もういいだろう。決闘しているわけではないし、俺の依頼を受けてくれるかな？　実力も人間性も問題ないと判断してのお願いなんだけど」

「ふう、そうですわね。ここまで実力を見せつけられたら、認めないわけにはいかないでしょう。いいですわ、こちらこそお願いいたしますわ」

カミラは立ち上がろうとするものの、足が痛くて立ち上がれないようだ。俺はまず手首を想像魔法で癒《いや》して、次に足も同じように癒《いや》した。

「あら珍しい、魔法が使えますのね。魔法が使えるのなら冒険者をしなくても、いい仕事はたくさんあるでしょうに……何か事情があるのでしょうね。まだ手も足も、力を入れると痛みますの。支えていただけます？」

彼女の手足は完全に癒《いや》したはずだが、痛むと言うなら支えるしかない。カミラの手を取ったら彼女は勢いよく抱きついてきて、そのままキャロにやったようなお姫様抱っこの形になってしまった。

でも彼女はそれが狙いだったみたいで、キャロと同じように俺の首に手を回して、頬《ほお》にキスをしてきた。

「わたくし、あなた様に恋をしてしまったみたいですわ。わたくしはキャロラインなんかより、いい妻になる自信がありますわよ」

「カ〜ミ〜ラ〜！　あたいのダーリンに何するんだ！　ダーリン、その腐《くさ》れ女は放り投げて大丈夫だ！」

カミラがキスしたことにより、キャロが鬼のような形相《ぎょうそう》になって掴みかかってきそうだったが、キャロの仲間が必死に押さえつけてくれている。

「カミラ、キャロがひどく怒っているから、立てるなら降りてもらっていいかな？　あとキャロ、ダーリンって俺のことか？　頼むからその呼び方はやめてくれ」

「無理だ！　ダーリンはダーリンだから！　カミラ、早く降りろ！　ダーリンをかけて決闘だ！」

「勘弁《かんべん》してくれ。数日後には同じ依頼で動く仲間なんだから、仲良くしろとは言わないが、せめて喧嘩《けんか》はしないでほしい」

「旦那様、大丈夫ですわ。キャロラインとは、いつもこんな感じなんですの」

カミラはサッと俺から降りて、キャロを挑発するように横目で見ながら、階段を上っていく。その挑発に乗ったキャロも、仲間の制止を振り切ってカミラを追いかけていった。

「彼女らは放っておいてもいいだろう。えーと、合格した冒険者たちは、上の酒場で自由に飲み食いしててくれ。支払いは俺にツケてくれればいい。まだ合格してない人は、この後軽い面接をするから、そのまま待機していてほしい」

キャロとカミラの仲間たちや、先に俺が合格を出した冒険者たちは、見た目通り太っ腹だと言って歓喜しながら一階に上がっていった。その後、モブたちが実力的に問題ないと判断した冒険者たちに道徳的な質問をいくつかして、その質問に答えられなかった者や非道徳的な答えを言った者には不合格を言い渡していく。最後に訓練場に残ったのは、モブたち三人とニック、そして男ばかりが集まっている一つのパーティだった。

「あれ？　ニック来てたのかい？」

「そりゃあ来るぜ！　おっさんに紹介しようと思っていた冒険者が、最後に残ったこいつらさ。最近知り合ったやつらだけど、実力的には問題ないはずだ。あと、ロイスっていう婆さんが来ていたはずなんだけど、知らないか？」

俺とロイスとの戦いを見ていないのか、ニックはキョロキョロとあたりを見回して、彼女を捜している。

まだ壁に埋《う》まったままの状態のロイスを指さしたら、ニックは驚き、彼女の足を引っ張って壁から引っこ抜いた。すると、なんとロイスは喚《わめ》き疲れたのか、イビキをかいて眠っていた。ニックが頬《ほお》を何度も叩《たた》いたら、やっと彼女は目を覚ました……のだが。

「あー！　うるさい！」

キレたロイスは、目の前にあったニックの顔を殴《なぐ》って気絶させた。

「って、ニックじゃないのさ。何を寝てるんだ？　あれ、おじさん？　ってことは、やっと壁から引っ張り出してくれたんだ！　あれあれ？　みんないなくなっちゃってる？　テストは終わったの？」

「うん。引っ張り出したのは、君が殴《なぐ》って気絶させたニックなんだけどね。テストはほぼ終わったよ。合格した冒険者たちは上の酒場で、俺のツケで飲み食いしているよ」

「えー！　いいないいなあ！　ボクもお腹ペコペコだよ！　ボクも上で食べてくるよ！」

ロイスは勝手に自分は合格したと思っているようで、ニックを放り投げて一階に上がろうとする。

だが、俺がボソリと、まだ合格してないんだけどなと言うと、凄《すご》い速さで戻ってきた。

「え？　ボク、合格してないの？　実力的には問題ないはずだよ？　足りないんならニックを起こしてボコボコに殴《なぐ》ったらいい？」

「ひぃ！　ミーツのおっさん助けてくれ！　このババアは本気でやるやつだ」

ロイスがニックの首元を掴んで提案したと同時に、ニックが目を見開いて叫《さけ》んだ。どうやら気絶したふりをしていたようだ。「ババア」と言った瞬間、ロイスにギロリと睨《にら》まれ、口を手で塞《ふさ》いで黙り込む。

「もういいよ。ニックの紹介だし、悪い人間ではないだろう。ロイス、君も合格だ。上で飲み食いしててくれ」

「やったね！　ほら、ニック行くよ」

「いや俺はおっさんに用が……」

「ダ～メ！　ボクをババアって言った罰として、食後に鍛《きた》え直してあげる。行くよ！」

ロイスはニックの襟首《えりくび》を掴んだまま、俺に助けを求めている彼を無理矢理連れていってしまう。

モブたちにも、俺も後で行くからと言って、先に上がらせた。

「では私たちの番ですね、依頼主さん。うちのパーティのリーダーが相手になりますよ。あ、私はダニエルという者です」

残ったパーティの一人が声をかけてきた。それは早朝、壁にもたれて眠っていたあの男だった。でも彼は前には出てこず、パーティリーダーらしき男を、俺に向けて押し出す。

「おい、押すな。おっさん、俺は行弘賢《ゆきひろけん》ってんだ。パーティ名は『天性』。よろしくな」

彼は行弘賢と名乗ると、目の前から消えていなくなった。何が起きたかと思っているうちに、背後から首元に冷たい刃物を突きつけられる。とんでもない速度で背後に回り込んだものだ。俺は瞬時に前方に転がって対峙するも、またも背後から刃物を突きつけられた。

「とんでもないスピードだね」

「いんや、おっさんと俺たちしかいないからタネ明かしするけど、これはスキルの瞬間移動なんだ。これ凄《すご》く便利なんだけど、MPを結構使うから疲れるんだ。それで、俺たちはどうかな？　合格？　不合格？」

「十分合格だよ。君たちもニックの紹介だし、悪い冒険者ではないだろう。そんな便利なスキルがあれば、凄《すご》く役に立ってくれると思うし。ところで、君の名前にちょっと心当たりがあるから、ここ以外の場所で詳しく話せないかな」

俺の言葉に行弘賢は頷《うなず》いた。とりあえず、これで護衛の面接は全て終了だ。

「じゃあ、最後に俺も魔法を披露《ひろう》しようかな」

「いい！　大丈夫だ！　絶対披露《ひろう》しないでくれ！」

賢には何かが見えているのか、俺が魔法を使うことを全力で拒否した。

天性のメンバーにも一階へ行ってもらい、俺はグレンのもとに報告に向かった。そして、連れていく冒険者が決まったことを話したら、グレンはマジックバッグから俺がレインにもらったレリーフを取り出して、手渡してきた。

俺はグレンに、面倒な手配や色々なことの処理をしてくれたお礼に、特大プリンを出す。それから、ダンク姐さんとシオンに突然で悪いが明後日に王都を出ることを伝えた。また、酒場に行く前にダンク姐さんたち用に、俺が元の世界で好きだった焼き鳥の盛り合わせを、想像魔法で熱々の状態で出した。

酒場へ行こうと一階に下りると、前に俺に魔物の討伐数でいちゃもんをつけてきた女性ギルド職員が喚《わめ》きながら、グルとゴルに連行されていた。

「あの人、何をしたんですか？」

近くにいたモアに尋《たず》ねたら、たくさん魔物を狩った冒険者が不正を行《おこな》ったことにして、その報酬を横領しようとした罪で捕まったんだとか。どうやら前々から目をつけられていたそうだ。これからどうなるかは教えてもらえないが、誓約書の罰でそれなりに辛《つら》い目に遭《あ》うらしく、モアはお辞儀《じぎ》をして追いかけるように走っていった。

俺は酒場で盛り上がっている冒険者の中に入ると、待ってましたとばかりに宴席はさらに盛り上がって、最終的に記憶が曖昧《あいまい》になるほど酒を飲まされてしまった。

第十一話

途中からの記憶がないが、どうやら眠ってしまったらしい。一応目は覚めたのだが、何か柔《やわ》らかくて温かく心地よい枕に頭を乗せているようで、寝心地がよくてなかなか目を開けることができない。また寝てしまいそうになったとき、キャロの大声が響いた。

「カミラー！　あたいのダーリンに膝枕するなんて許さないよ！」

その声に驚いて目を開けてみたら、彼女の言う通り、俺は床でカミラの膝枕で眠っていた。俺をジッと見下ろしてくるカミラにおはようと挨拶《あいさつ》すると、にっこりと笑顔になった。

「ダーリンが起きたんだから、さっさとどきな！　あたいと交代するんだよ！」

「嫌ですわ。旦那様が起き上がるまではこのままでいますわ」

「はあ、朝から疲れることで喧嘩《けんか》しないでほしいな」

俺はとりあえず身体を起こし、二人の顔をそれぞれ見る。

「キャロとカミラはちゃんと寝たのかい？　夜更かしは肌《はだ》に悪いから、きちんと睡眠《すいみん》は取っておきなよ。それと、今後も喧嘩《けんか》をするようなら、君たちのパーティメンバーは護衛として来てもらってもいいけど、君たち二人は除外するよ」

「それはひどいですわ。わたくしがいなければ、パーティは成立しませんから。それにキャロラインとは、こんな言い合いは日常茶飯事ですわ。一人の男性を取り合うのは初めてですが」

「そうだよ、ダーリン。そんなことで外さないでおくれよ」

「あくまで喧嘩《けんか》を続けるならって話で、しないなら外さないよ。実力がある君たちにはついてきてほしいと思っているし」

　俺がそう言いながら立ち上がると、彼女らはモジモジしつつ、今だけ休戦協定を結ぼうということで握手を交わした。が、その握手もお互い無駄に力をこめているのが分かる。カミラが辛《つら》そうな表情をし、キャロは額に青筋を立て、勝ち誇ったような表情をした。

　何が休戦協定だと思い、二人の手首に手刀を打ち、無理矢理握手を終わらせた。

「はい。これでこの話は終わり！　昨日言ったように、仲良くなれとは言わないけど、喧嘩《けんか》はしないようにね」

　俺がそう言うと、彼女らは小さく返事をしたのち、寝直すとかでそれぞれが泊まっている宿に帰っていった。

　二人を見送り、ついでに外に出て新鮮な空気を吸い込む。空はまだ暗いが、もう少しで日が昇るのか、ところどころで店を開ける準備が始まっていた。

　時間が早いとも思ったけれど、俺は孤児院に王都を出る日にちを報告しに向かった。すると途中で、俺が叩《たた》きのめしたチンピラどもが、とてつもないにおいを振り撒《ま》きながら現れた。

「おっさんにお願いがあって来た。頼むから兄貴を治してくれ！　そのためならなんでもするから」

「ギルドに行けば回復薬がもらえるはずだよ？　俺がそう話を通してきたからさ」

「なかったんだよ。もう既に他のやつが取りに来たって言われて。俺たちみたいな身なりじゃ、表のギルドにも入れないし、どうしたらいいか分からないんだよお」

おそらく、あのとき俺の話を聞いていた悪いやつが、先に取りに行ってしまったのだろう。

彼らが今までやってきたことのツケが回ってきただけで、自業自得、因果応報というものだ。

だが、泣いて縋《すが》りついてくる彼らを見て、俺の良心が傷を治してやろうと思わせた。

「分かった分かった。治してやるから、彼を連れてきなよ」

チンピラどもが路地に入って数分後、真っ青な顔をしているあの男が手下に背負われて現れた。

俺が渡した布はすぐに奪われてしまったそうだ。着る服も布もないままどうにか裏ギルドに回復薬を取りに行ったが、既に取りに来たじゃないかと追い払われた。挙げ句、昔から敵対していたやつらにここぞとばかりに折られた足を斬られて、汚水の川に投げ捨てられたそうだ。這《は》い上がろうとしても、笑いながらさらに蹴落とされ、しばらく汚水の川から出られなかったと説明された。

自業自得とはいえ、さすがに可哀想になってしまった。それによく見たら、手下の中には指がなくなっている者もいる。そのときに斬られでもしたのだろう。

「ここまでされたらさすがに改心したでしょ？　二度と悪いことはしないって、約束できるなら治すけど。できるよね？」

「もちろんだよお。兄貴はこんな状態でろくに話せないけど、俺たちが改心させるよお」

素っ裸の男は両脚の膝から下がなくなっていて、今にも死にそうにぐったりしていた。

これでは普通の回復薬を飲ませても無理だと思ったものの、治すと言った手前、無理だとは言いにくく、医療について何も知らないが、やれるだけやってみようと彼の膝に手を当てる。元の足に治るようイメージして想像魔法を使ったら、植物の種から芽が出て育つように、膝から足が生えてきて、元に戻った。しかし、顔色はまだ青くて死にそうな表情のままだ。

「あとは血が足りないんだね。だったらこれは、普通の回復薬でも大丈夫かな？」

普通の回復薬を想像魔法で出して飲ませてみたら、みるみるうちに顔色がよくなって、目を覚ました。

「ありがとうありがとう！　兄貴を助けてくれて！　約束通りに心を入れ替えるよお」

手下どもは一斉に喜び、目を覚ましたばかりで状況が分からない彼に抱きついては、俺にお礼を何度も言いながら泣いている。

彼がどれだけ慕《した》われていたのかが分かるが、念のため目を覚ましたばかりの彼にも心を入れ替えるかを聞いたら、彼はよほど反省しているのか深く頷《うなず》いた。そして手下たちに、こんな俺でもこれからもついてきてくれるかと問いかけると、もちろんどこまでも兄貴についていくぜと、みんなが答えた。これなら大丈夫だろう。

本当にやり直す気があるなら裏ギルドで依頼をこなしつつ頑張《がんば》れと励まして、彼らの汚い身なりと臭いを想像魔法で綺麗《きれい》にしてやる。あとは、心を入れ替えた裸の彼に服をプレゼントしようと、いつも行商人が集まる広場に行ってみたが、さすがに早朝のため誰もいなかった。しかし、王都を出る行商人の行列ができていたため、そのうちの何人かに声をかけて、服を売ってもらった。

「見た目なんか気にしないで買ってきたけど、いいよね？」

「うおっ！　お、おう。ありがとな」

行商人から買った服は、地方の貴族に売る用のものだったようで、少し高かった。俺の服に似た青と白のストライプのシャツと、黄色のズボンだ。

それ以外は箱に入っていて取り出すのに時間がかかると言われたから、これにしたのだが、見れば見るほど俺自身が欲しくなってくる服だ。しかし彼に買ってやった手前、俺が欲しいとも言えない。彼に着せてみたら格好いい服だと改めて思った。

さて、あとは手下たちの指も元に戻してやろうと、身体の欠如している部位を治すことができる回復薬を想像魔法で作り出して、彼らに飲んでもらった。すると、「兄貴」と呼ばれる彼のときと同じように、傷口から新しい指が生えてきた。

それによりさらに感謝されて、俺のためならなんでもすると言い出した。

でも今現在、彼らに頼むことはない。悪事をしなければそれでいいと言って、そのまま孤児院に向かおうとしたら、なぜか彼らがついてきた。

孤児院の近くまで来たところにダンク姐さんがいて、老いたシスターと会話していた。

「あら、ミーツちゃん。お兄ちゃんから聞いた通り、やっぱりここに来たのね」

「なんでダンク姐さんがここに？」

「お兄ちゃんに、ミーツちゃんを連れてこいって頼まれたのよ。そしたらここでお婆ちゃんと会って、ちょっとお話ししてたの」

グレンが呼んでいるならばとギルドに戻ろうとしたら、ダンク姐さんは俺の後ろをついてきていたチンピラを不思議そうに見て、彼らは何者かと尋《たず》ねてきた。ことの経緯を話すと、ちょうど今シスターと移動の準備の人手が足りないと話していたところだというので、俺は彼らに手伝わせることにした。

心を入れ替えたなら頑張《がんば》れよと苦笑いで送り出して、ギルドに向かっていつものようにギルマス室に入った。

「おう来たな。お前、明日出発するというわりには、馬が引く荷車を全然出してないじゃないか。そのあたりは考えているのか？」

「あ、考えてなかったです。えっと、どうしたらいいですかね？」

「やっぱりか。それならとりあえず、森の隠し宿屋に向かうぞ。それから、お前が前にギルド職員にミノタウロスの余分な報酬を分け与えるって話は、俺とボンガの間で止めているからな。さすがに大盤振る舞いにもほどがある。それに、お前が発見し攻略したあのダンジョンだけで、ギルドに凄《すご》い利益をもたらす」

「ははは、なんか迷惑かけちゃってすみません」

「もういい、お前のやることなすことに呆《あき》れもしたが、これでお前たちが出ていってくれるなら、こんな気苦労も最後になるだろうからな」

彼はそう言ってニカッと笑い、一緒に森の隠し宿屋へ向かった。馬と同じ数の幌《ほろ》付きの荷車を想像魔法で出していき、トリケラトプスの番になったところで、こいつには何を引かせるか少々悩んだ。どうせなら大きいものを引かせたくなって、キャンピングカーを想像魔法で出す。

キャンピングカーはフロントガラスとハンドルを取り除いて、御者台として座りやすくて扱いやすいようにした。形こそキャンピングカーだが、御者台と内部は仕切っている。ただ、そこに扉を取りつけて行き来はできるようにした。

「なあ、ミーツ。これはどういう荷車だ？」

「ああ、これですか。これは俺の元いた世界にある、車っていう乗り物ですよ。本来なら自力で動くんですけど、この世界には動かすための燃料がないし、俺も車の構造をろくに知らないので、三本角に引いてもらうことにしました。外見は立派ですが、中身はスカスカです」

グレンは、俺の説明を聞いてもよく分からないようで、首を傾《かし》げながらキャンピングカーの内部を覗《のぞ》き込む。そして驚きの声を張り上げた。

「ベッドがあるし、狭いが便所まであるじゃないか。どこがスカスカなんだ」

あちこち覗《のぞ》きながら、ブツブツそんなことを呟《つぶや》いていた。

それから、ものを載せるための数台の馬車とともに街に戻って、孤児院やそれぞれの家庭に馬車を置いて回り、昼も過ぎた頃にグレンはギルドに帰っていった。

残された俺は、宿に戻って女将《おかみ》に、明日シオンとともにここを出ることを伝え、ついでにチェックアウトする。今日は孤児院に泊まろうと宿を出たところで、アリスたちとばったり会った。

「あ、おじさん！　昨日はごちそうさまでした。酒場だからあまり食べるものはないと思ってましたけど、この世界にも串に刺さった焼き鳥とかあったんですね」

アリスの言葉で思い出した。昨晩、元の世界の色々な食べ物を想像魔法で出したんだった。ただ、本当のことは言えないので、少し嘘を加える。

「あー、あれは俺が下拵《したごしら》えしたものを酒場の人に渡して、お願いして出してもらったんだ。アリスたちはこれから狩りに行くのかい？」

「いえ、今日はもう、明日のための準備をしようって話になったんです。忘れものがないように、色々用意しないとですし。だから、これからは自由行動です」

「俺は、昨日知り合った冒険者の兄ちゃんに剣を教えてもらってくるぜ」

アリスは入念な準備、ジャスは出発ギリギリまで腕を磨《みが》くということか。それぞれの性格が出ているなと思っていると、愛が俺の前にやってきて言った。

「おじさんおじさん、暇なら私がデートしてあげよっか？」

「世界が違うとはいえ、女子高生とデート、ましてや愛とのデートは遠慮したいかな。それにそんな時間があれば、まだ準備が整ってないところに手伝いに行くよ」

「ぶー、それって、私が子供って言いたいのかな？」

愛が俺の尻をつねって頬《ほお》を膨《ふく》らませて拗《す》ねる。それを見て、俺は思わず笑ってしまった。

出発に向けての話をしていたら、ふとさっきグレンと話していたことを思い出した。それはプリンについてだ。俺がいなくなって一安心だが、唯一困るのはプリンが食べられなくなることだと、とても残念そうにしていた。

「ちょっと聞きたいことがあるんだ。二人はお菓子は作れるかい？　例えばプリンとか」

「私は作れないです。興味はありましたけど、作ったことはないです」

「私はできるよ。お菓子作りと食べるのは趣味だもん。でも、材料がないと無理だよ」

「え！　愛は作れるのか？　だったら、これからグレンさんのところに行こう！　愛がプリンを作れるのなら、俺がいなくなっても愛がグレンさんに売ればいいわけだ！」

俺は少し興奮して、なんの説明もなく勝手に喋《しゃべ》ってしまう。そんな俺に彼女たちは首を傾《かし》げ、おじさん落ち着いてと、冷静に言ってきた。

そこで我に返って、グレンはプリンが好物で、ことあるごとにプリンを渡していたが、俺は国を出てしまうため、これからは君たちがグレンに売るんだと説明した。

「なんでおじさんはプリンを作れるの？　材料は？　新鮮な卵と牛乳はあるとしても、砂糖なんかは高級なものなんじゃないの？」

「それはな愛、俺の魔法で出していたからなんだ。詳しくはまた後で話すとして、今はとにかくグレンさんのところへ行こう」

想像魔法のことは伏せて、ジャスとは別れて、愛とアリスとともにギルマス室を訪ねる。そしてグレンに、愛がプリンを作れることを話したら、書類整理していた手を止め、本当かと言いながら、前のめりで愛に顔を近づけた。

「ちょっ、ちょっと、おじさん！　なんでグレンさん、こんなに必死なの！」

「あー、それだけプリンが好きなんだよ。もうプリン教の教祖にでもなる勢いだね」

「ミーツ！　この子が作れるって本当なのか！　いつ作ってくれる？　いくら払えばいい？　レシピも売ってくれるのだろう？」

グレンが矢継ぎ早に質問してくる。プリン教おそるべし、だな。

「それについてですけど、レシピは売らないで、グレンさんが食べたいときに愛が作る、ということにしたいと思います。それなら、愛がいなければプリンを食べることはできないので、グレンさんは彼女を大事にするでしょうし」

「おじさん……。そんなに私のこと気にしてくれてたの？」

「そのために、まずはこの子たちに俺の魔法について話そうと思っているんですよ。でないと、話がよく分からないままだと思うので」

「ほう、話してもいいのか？　お前がいいなら、俺は何も言わんが」

俺は意を決して彼女たちに、俺が頑《かたく》なに秘密にしていた想像魔法について教えた。

想像魔法と聞いて二人とも創造魔法と思ったらしいが、創造ではなく想像で、頭の中で思い浮かべた物事が現実に出ると説明したら、彼女たちは揃ってズルイと騒ぎ出した。

だがそこは想定済みで、彼女らを黙らせるためにいつもグレンに出しているプリンを口の中に出してやると、二人同時に咳《せ》き込んでプリンを吐《は》き出した。

「あ、あああ、プリンがあ、もったいない」

「グレンさん、人の口に入っていたプリンは食べませんよね？」

「あ、あた、当たり前だ！　俺をなんだと思ってんだ」

グレンは焦《あせ》ってそう言いながらも、床に落ちたプリンを凝視《ぎょうし》している。

「おじさんの魔法については分かったけど、それで材料はどうするの？」

「そこは既に考えている。ここに空《から》のマジックバッグがあるから、これにプリンの材料を目いっぱい入れれば、何年も作れるんじゃないか？」

「おじさん、マジックバッグ持ってるの？　いいな、いいなあ。私も欲しいけど、めちゃくちゃ高いんだよねえ」

「ねえ愛、マジックバッグって何？」

俺が取り出したマジックバッグを見て羨《うらや》ましそうにする愛に、それを知らないアリスが尋《たず》ねる。そして説明を聞いたアリスまでもが、俺の持っているマジックバッグに羨望《せんぼう》の眼差《まなざ》しを向けてきた。

「これに、グレンさんがそう簡単には食べきれない量の材料を入れて愛に渡すから、愛はグレンさんが欲しいと言ってきたときに作って、その都度売ったらいい。もしくは、ある程度作っておいて保存していても大丈夫だろう。グレンさん、それでいいですよね？」

「う、うむ、本当はレシピが欲しいところだが、しばらくの間は仕方ない、我慢しよう。そのうち、その子がレシピを売ってもいいと言ってくれるかもしれないからな」

グレンは渋々《しぶしぶ》納得したが、いずれはレシピを買い取るつもりでいるらしい。まあ、いつかは材料もなくなるしな。そのあたりは愛に任せることにしよう。

話し合いも終わり、今何時だろうとアイテムボックスからスマホを取り出して時間を見ると、突然愛とアリスが叫《さけ》んだ。

「おじさんのスマホ、なんでまだ電池あるの⁉　ズルイズルイズルイ〜！」

「本当です。いくらあまり使ってなくても、まだ電池が持つなんて考えられません」

「えっとね、俺のは特別製なんだよ。だから、電池の表示が∞になっているだろ」

彼女らに∞の表示を見せたら、それはそれでズルイと喚《わめ》かれてしまう。俺は仕方なく、できるかどうかは分からないが、俺の想像魔法を使って彼女らのスマホも俺のと同じようにしてみると言った。すると、部屋からすぐに出ていって、数分後に息を切らしながら、それぞれのスマホを持ってきた。

「はあはあはあはあ、お、おじさん、スマホ持ってきたよ！」

「はあはあはあ、わ、私のもお願いします」

「さっきも言った通り、できるかどうかは分からないから、期待はしないようにね」

思いっきり息を切らしている彼女らに念を押し、二台のスマホを持って目を瞑《つむ》る。そうして俺のと同じように電池の表示が∞のままでスマホを起動できるよう想像しながら、ＭＰをスマホに流し込んでいると……彼女らが同時にあっと叫《さけ》んだ。

目を開けて両手のスマホを見たら、起動したときに現れる表示が出ていて、しばらくすると、電池表示が∞になっていた。俺は成功したことにホッとした。

想像魔法によって電池の無限化に成功したスマホを二人に渡したら、それぞれがスマホに入っている画像や動画を見て涙をポロポロ流しはじめる。俺はしばらくの間声をかけることができなかった。

グレンもそんな彼女らにはあえて触れず、やりかけの書類にハンコを押したりしてなるべく音を立てないように作業しながら、それでもチラチラとこちらの様子を窺《うかが》っている。

数分後には二人もようやく落ち着き、おじさんありがとうと抱きつかれてしまったものの、アリスはともかく、愛には言っておかなければならないことがあるのを思い出した。

「アリスは問題ないだろうが、愛、俺の想像魔法については絶対に他言無用だぞ」

「ぶー、私そこまで口は軽くないもん！　なんでアリスは問題ないんだよお！」

「ふふふ、だって愛だもんね。ですよね、おじさん？」

「ミーツ、話は終わったか？　そろそろ出ていってほしいのだが」

彼女らと話していると、グレンに部屋から追い出されてしまった。

俺は、想像魔法によってプリンの材料を詰め込んだマジックバッグを愛に渡してから、孤児院に行くことにした。

孤児院には神父がいて、宿屋を出て泊まるところがなくなったことを言ったら、今夜は泊まっていくといいと快く受け入れてくれた。それから夜までの間は、まだ荷造りが済んでない家庭や孤児院を回って手伝いをしていった。

荷物を載せるための馬車は行き渡っていたので、全て載せ切れた。人が乗る馬車については、全員が外に出たところで用意することになっている。

神父は移住先である村には同行しないので、今夜は子供たちとの最後の夜になる。神父は子供たちと一緒に寝ることになり、俺は寝られればどこでもよかったので、屋根裏にでも行くと言ったが、神父が普段休んでいるベッドを使わせてもらうことになった。

就寝時間となって神父の部屋で横になっていると、ノックが聞こえた。扉を開けたら神父がいて、今回のことを凄《すご》く感謝された。金の面だけではなく、全てのことを手助けしてくれて、感謝しかないと握手を求められ、感極まったのかそのまま抱きしめられてしまった。

神父はしばらく俺を抱きしめたまま動かなかったが、数分して離れると、子供たちのもとへ戻っていった。

第十二話

翌朝、俺が起きる前から孤児院は騒がしかった。目を擦《こす》りながら起き上がろうとすると、部屋に入ってきた子供たちが俺の腹に跳び乗ってきて、昨日食べたものを吐《は》きそうになってしまった。

子供たちを抱きかかえて部屋から出たら、みんなに急かされるように外に連れていかれる。外は荷物を積んだ馬車と、一緒に笑顔で歩いてくる人たちの姿があった。

その様子に俺は寝すごしたと気づき、急いで護衛依頼をした冒険者たちのもとに向かわなければと、慌《あわ》てて支度をする。朝食を作っているシスターに食事はいらないと声をかけたら、せめてパンだけでもと、カチカチのバゲットを渡されたので、それを齧《かじ》りながらギルドに走った。ギルドの前には既に冒険者たちが集まっていた。

「ダーリン、遅いよ。何してたんだい」

「キャロライン、旦那様もお忙しかったのですわよ。そんな風に言うものではありませんわ」

「おじさん遅〜い、護衛対象はどこにいるの？」

「もう愛、今日からおじさんは私たちの依頼人なんだから、そんな口の利き方はダメだよ」

俺の姿を見つけたキャロたちが、口々に言ってくる。

「悪い悪い、遅くなってすまなかったね。じゃあ、出発しようか」

俺が出発という言葉を発すると、座っていたり談笑したりしていた冒険者たちが立ち上がって、引き締まった表情で俺の前に整列した。

このギルドに来るのもひとまず最後となるため、グレンとモア、顔見知りのギルド職員たちに別れの挨拶《あいさつ》をしようと、少しだけ冒険者たちに待ってもらい、ギルドに入った。しかしグレンとモアを捜したが見つからず、仕方ないと諦《あきら》めて、俺は冒険者たちとともに門前の広場に向かった。そこには、残りの冒険者たちが護衛対象の人や馬車と一緒に待っていた。

「もう、依頼者のおじさん、遅いよ！」

前に出てきて叫《さけ》んだのは、見た目は少女だが実年齢はさっぱり分からない、ニックにはババアと言われているロリババアのロイスだ。

「ちょっと！　何かとんでもなく失礼なこと考えてない？」

「いや、別に何も考えてないよ。決してロリババアとか思ってないから」

「ロリババアだって？　もう許さない！」

「ロイス、落ち着けって！　おっさんの言う通り、本当にババアなんだから」

「ニック、あんたまで！　覚悟しろ！」

俺の言葉に怒ったロイスはこっちに向かってくるかと思いきや、ニックがさらにひどい言い方をしたもんだから、すぐさま彼の腹を殴《なぐ》って蹴り飛ばした。飛ばされたニックは、呻《うめ》き声を上げながら腹を押さえている。意識はあるので大丈夫だろう。

ニックを倒したロイスが今度は俺の目の前に迫っていたが、間一髪、ダンク姐さんが彼女の小さな拳を受け止めた。

「依頼者のミーツちゃんに手を出すってことは、ロイスちゃんはこの護衛を外されてもいいってことよね？」

「ひぃっ！　ご、ごめんなさい。つい頭に血が上っちゃっただけだから！」

ダンク姐さんが笑顔で凄《すご》むと、ロイスは震え上がって後退《あとずさ》る。

「謝るのはあたしにではなくて、ミーツちゃんによ？　ミーツちゃんが先に失礼なことを言ったとしても、ミーツちゃんは依頼人。あなたはいつも依頼人に、こうやって簡単に手を出してたのかしら？」

「ごめんなさい。これからはなるべく手を出さないようにするから、許してくれない？」

「どうするミーツちゃん？　こんな危険な人は外れてもらう？」

「いや、連れていくよ。ダンク姐さんの言った通り、先に失礼なことを言ったのは俺とニックだから、お互い様ってことでね。このロリスの戦力も当てにしてるし」

「ロリスって誰なんだよ！　ボクはロイスだ！　……でも、外さないでくれてありがとね」

これからは、ロリババアと言わないように気をつけよう。

門前の広場に続々と集まってくる馬車と人たちには順に外に出てもらい、冒険者も護衛としてついてもらう。次々と出ていく人たちを見送った後、孤児院のシスター二人が歩いていく。そしてその後に、俺とダンク姐さん、フードを深く被って顔を隠したシオンが続くと、顔馴染《なじ》みの門番の兵士が、ダンク姐さんを見てガタガタと震えていた。

「あ、あなたは武闘――」

「あらあら、人の二つ名は気軽に言わない方が身のためよ？」

門番は失礼しましたと頭を下げて、ダンク姐さんの手続きを素早く済ませ、次のシオン、そして俺の手続きを終わらせた。

外に出て人用の馬車を用意するために隠し宿屋に行こうとしたら、既にたくさんの馬車にみんな乗り込み、いつでも出発できる状態になっていた。キャンピングカーもトリケラトプスに繋がれて外に出されている。

「おうミーツ、遅かったな！　本当は、こういうことはお前がやらなければならないんだぞ」

ギルドにいないと思ったら、グレンはここに来てくれていた。人が乗る馬車は、どうやらグレンが手配してくれていたようだ。

「グレンさん、ありがとう、助かります」

「あのレリーフはシオンに渡したから、後で受け取っておけよ。で、これは餞別《せんべつ》だ。お前には必要ないだろうが一応持っていけ、なぜか必要になるときが来る予感がするからな。ああ、お前が支払ってなかったギルドに支払う金は、魔物の報酬から引いておくぞ」

グレンはそう言って、なかなかの量の金貨銀貨が入った袋を渡してきた。俺が忘れていたことまでやってくれたことに、感謝しかない。

「ありがとうございます。ギルドに挨拶《あいさつ》に行ったんですが会えなくて、まさかここにいるとは思いませんでした」

「本当ねえ。お兄ちゃんとは別れの挨拶《あいさつ》はしたけど、ここで会っちゃったら、あたし泣いちゃいそうだわ。……やっぱりあたし、ミーツちゃんたちとは行かない！　ここに残る！」

「ここで感傷的になるのは分かるが、それはダメだ。前に話し合って納得しただろうが」

「うん。そうね、分かったわ。じゃああたし、シオンちゃんと婚前旅行気分で幸せになるわね！」

「ふざけんな！　なんで俺がお前なんかと」

ダンク姐さんがここに残ると言い出して一瞬焦《あせ》ったものの、今度はご機嫌な様子でシオンに抱きつき、門前であまり大声を出せないシオンに頭を叩《たた》かれていた。ダンク姐さんは照れちゃってとか言いながら、頭を叩《たた》かれたのに嬉しそうにしている。

「ははは、シオン、ダンク姐さんに惚《ほ》れられたんだ。もういい加減に諦《あきら》めたら？」

「お前まであいつの味方をするのか？　それじゃあ、お前ならあいつを受け入れて、恋人同士になるのか？」

「そういうわけじゃないけど。悪かったよ、なるべくシオンの味方になれるよう努力するよ」

「ああ常に俺の味方でいてくれ！　で、俺はどの馬車に乗ればいいんだ？　こんな格好のままでいつまでもこの場にいたくないんだが」

確かにフードで顔を隠したシオンの格好は、外に出れば余計に怪しく見える。俺がトリケラトプスが引くキャンピングカーを指差したら、シオンは困惑して入口はどこにあるのだと言いながら、ぐるぐるとキャンピングカーの周りを探り出した。仕方なく御者台によじ登ろうとしたとき、別れの挨拶《あいさつ》を済ませたダンク姐さんが入口を開けた。

「んもう、ミーツちゃんも意地悪ねえ。シオンちゃんが困っているのがそんなに楽しいのかしら？ あら、この三本角の名前はなんていうの？」

「シオンが聞いてきたら開けるつもりでいたよ。三本角の名前って、三本角が名前じゃないの？ 俺の世界ではとっくの大昔に絶滅した生き物で、トリケラトプスっていうんだけど」

「ダメよ！ ゴブリンを仲間にしたら、ゴブリンって名前にするの？ しないでしょ？ ミーツちゃんが名前をつけてあげなきゃ」

ダンク姐さんに言われて名前を考えるも、下ネタな名前しか思い浮かばなくて、ダンク姐さんに何かいいのはないかと助けを求めた。

「トリケラトプスっていうなら、それをもじってトーラスはどう？」

トーラスか、なかなかいいかもしれない。俺がトリケラトプスにトーラスと呼びかけると、トーラスはうっすらと光を帯びた。

【主様、やっと名前をつけてくれた】

突然頭の中に声が聞こえて、どこから聞こえるのだろうかとあたりを見渡すも、誰も話しかけてきている様子はない。首を傾《かし》げる俺の顔を、トーラスが生温かくぶ厚い舌で舐《な》めて、つぶらな瞳で見つめてきたことで、今の声はトーラスのものだったのだと理解した。

ダンク姐さんもシオンも、特に反応はしていない。おそらくトーラスの声は俺にしか聞こえないのだろう。

出発の時間が近づき、俺は冒険者たちを集めて、どのような配置で進むかを説明した。

まず俺たちのキャンピングカーが先頭で進み、その後ろに馬車が続いて、最後尾には賢がついてほしいとお願いした。賢の瞬間移動のスキルは、最後尾でこそ活きると思ったからだ。

「ボクはボクは？」

「ロリスは中間あたりに、ニックと一緒についてほしい」

「ボクはロイスだ！　なんで、弱いニックと一緒？」

ロイスは文句を言いながら、俺のスネを蹴ってくる。ニックも彼女と一緒なのが嫌なようで、全力で拒否するも、報酬を上乗せするからと言ったら、仕方なくだが了承してくれた。

「じゃ、あたいはダーリンと一緒でいいよな」

「キャロライン！　抜け駆け禁止ですわ！」

「好きにしてくれ、ただし最初だけだ。ある程度進んだら、全体の戦力に偏《かたよ》りがないように、上手くバラけてほしい。これは命令ではなくお願いだから、聞いてくれるとありがたい」

「しょ、しょうがないね。ダーリンにお願いされたら聞くしかないね」

「キャロラインが抜け駆けさえしなければ、わたくしも従いますわ」

冒険者たちの配置について一通り説明した後、キャンピングカーに乗り込み、御者台から声を張り上げた。

「みんな！　長らく待たせた！　それでは出発する！」

俺の合図に、冒険者たちは「オー！」と声を上げた。

門の前ではグレンだけでなく、モアにパンチにキック、グルとゴルに、見知ったギルド職員たちが整列し、手をあげて頑張《がんば》れよとか元気でなとか言いながら、見送ってくれた。

これから俺の冒険の物語が始まると思うと、心が躍る。きっと困難も待ち受けているだろうが、負けない気持ちで挑み、ひたすら前を向いて進もうと誓った。

閑話一　チンピラのリーダーの不幸

ある日、俺たちはいつものように馬鹿話をしながらスラムを歩いていた。

するとどこかの貴族らしき、変わった服装のおっさんがキョロキョロしながら一人で歩いているのを見つけた。道に迷ってるようだ。

俺は仲間たちと一緒に、このおっさんの身ぐるみを剥《は》ぐことにした。

まず俺が話しかけ、服を脱ぐように言うが、おっさんは拒否して脱ごうとしない。当然俺たちはおっさんを殴《なぐ》りつけ、脱がせることに成功した。

ひとまず服を全部脱がして下着も取ろうとするが、ぴっちりと肌《はだ》にくっついていて取るのが大変だったから、下着は諦《あきら》めた。

おっさんは寒そうにブルブル震えていたけど、関係ない。貴族がこんなところにいるのが悪いんだ。

そして俺は剥《は》いだ服を着て、今まで着ていたゴミのようなボロ布をおっさんに投げ、その場を去った。

「兄貴、貴族に手を出してよかったのか？」

「あ？　何言ってやがる！　スラムに一人で来たあのおっさんが悪いんだろうがよう？　お前たちも楽しそうにやってたじゃねえか！」

「でも、後で復讐されねえかな？」

「それなら、これから殺すくらい殴《なぐ》ってやればいいんじゃねえか？」

「だな！　その案に決定！　いいだろ、兄貴？」

「ああ、いいぜ。じゃあ、ここから貴族街に行くまでの道をウロつこうぜ？　そうすりゃ簡単に見つかるだろうし、人通りの少ない場所に連れていって殺《や》れば問題ない」

仲間たちは俺の提案に乗って、再度馬鹿話をしながらおっさんが来るのを待った。

待ってる間にポケットに何か入ってるのに気がついたが、見たことない板切れだったし触っても何も起きなかったから、適当に投げ捨てた。

しばらくして、話が面白くて、あのおっさんが近づいてきたのに誰も気づかなかった。そして、おっさんが突然、仲間の一人に、服と荷物を返せと殴《なぐ》りかかってきた。

俺たちは反応が少し遅れたが、おっさんをまたも殴《なぐ》り蹴りつけ、ボコボコにしてやる。仲間を助けると、結構な怪我《けが》をしていた。

そんな姿の仲間を見た他のやつらは、おっさんをさらにボコボコにしていて、俺も頭にきたから蹴りまくった。

「さすがに、ここまでやったら死ぬかもな」

「けっ、仲間に手を出すからだ、バーカ」

「痛たたた、ぜってえ許せねえ、このジジイ！」

殴《なぐ》られた仲間が、死んでもおかしくないくらいに、おっさんをさらに殴《なぐ》り続けた。

「おいおい、もうやめようぜ。いい加減にしないと見回りの兵が来ちまう」

さすがにここまでやって、誰かに見られたらやばい。仲間の一人が止めに入った。

「死体はそのまま捨てとけ。お前も、もういいだろ？　行くぞ」

そう言い俺たちはその場を離れ、翌日の朝に念のため死体を見に行ってみるが、あるはずの場所に死体はなかった。まあ誰か片づけたんだろう。俺は仲間たちと、改めておっさんの持ちものを物色してみた。すると、見たことないものがたくさん出てきた。

初めて見るような銅貨や銀貨っぽいものや、知らないおっさんの肖像画が描かれた紙切れがたくさんあって、やっぱりあのおっさんは他国の貴族だったんだと思った。

あとは、魔道具みたいなやつもいくつかあって、適当に扱うとピカッと光るようなものもあった。

魔道具屋にこれらを売ったけど、大した金額にならなかった、出所を聞かれて奪ったとはとても言えず、しどろもどろになっていたら、安く買い取られてしまった。

ツイてないなあと思いながらも、魔道具を売った金で仲間と酒や美味《うま》いものでも食べてツキを戻そうと考えて、酒場へ繰り出す。しかし、俺が注文するものは全て品切れになってやがる！

代わりに仲間が同じものを注文すると、たまたま今入荷しましたとか、別の客が注文したものがキャンセルされたとかで俺たちのテーブルに回ってきたりした。

メシを食った後に外に出ても、俺だけが二階から桶《おけ》で捨てられた糞《くそ》をかぶったりもした。

おっさんを襲ってからというもの、俺だけが著《いちじる》しくツキがなくなっている気がする。

そう考えながら数日経った頃、女の子供が服を返せと言って、俺に掴みかかってきた。

あのときのおっさんと同じ、黒い瞳で黒い髪だ。ということは、こいつもどこか違う国のやつかと思った。そして、本当に子供かどうか乳を触って確認しようとしたら、急に目の前に火を出して、俺を焼こうとしやがった。こいつ、魔術師か？

俺は仲間たちとこいつを犯して、おっさん同様に捨ててやろうと思ってると、女の仲間らしき女が二人と、女みたいな男が現れた。

俺たちは獲物が増えたことを喜んで、まとめて捕まえようとするが、『お前たちの＊＊＊』と何か言ってる声が聞こえたと思った瞬間、俺の意識は刈り取られた。意識を失う直前に、たまにこのあたりで見かける金髪の男の姿が見えた気がした。

どのくらい気を失ってたのか、目を覚まして起き上がってみれば、仲間たちも殴《なぐ》られたり魔法を使われたりしたらしく、俺の周りに倒れていた。

俺も女に出された火で顔を軽く火傷《やけど》してしまっていた。

仲間たちと、災難だったとボヤキながらスラムを歩いていたところ、薬草師のジジイのところから久しぶりに薬草のにおいがしてきた。早速薬をたかろうと家に押し入ったが、ジジイは「薬はまだない、数日待て」と言うもんだから、痛い顔を我慢しながらも待った。

数日後、そろそろ薬もできたかと薬草師のジジイの家に向かったが、家がなくなっていた。

俺たちは近くに住んでるやつらに聞いたりしつつ、ようやくジジイを見つけ出した。まあまあいい家に引っ越してやがる。再度押し入ると、ジジイは薬を差し出してきた。

俺は薬を奪ってその場で飲み干す。やっと顔の痛みはなくなって、身体が軽くなった。

それから俺たちはまた、スラムや人目につかないところで、金を持ってそうな獲物を捕まえては奪っていった。

でもあるとき、火傷《やけど》を負った顔は治ったものの、身体が急に痛み出して、急いで薬草師のジジイの家へ行き、薬をもっとよこせと脅《おど》した。ジジイはあのとき、定期的に飲まないと身体が痛み出す変わった薬を、俺に飲ませたのだった。

しかしジジイは、薬を手に入れたければ金を払うか、家の裏あたりを住処《すみか》として用心棒みたいなことをしろ、と逆に脅《おど》してきた。

仕方なくジジイの言う通りにして薬をもらい続けていたある日、ジジイが見たことのある男を連れてきた。なんと、死んだと思っていたあのおっさんだ。

俺たちはビックリした。あのおっさんが生きてるというのもそうだが、服がダサすぎる！

しかしダサくても、やっぱりものはよさそうだ。貴族のおっさんなら魔道具でも持ってるだろう。

それを奪えばまた少しは金になって、ジジイから薬を買えると思った俺は、ジジイの指示もあり、仲間と一緒にまたおっさんをボコることにした。

おっさんは身構えるが、その手はぶるぶると震えている。こりゃ、楽勝そうだな。

そう思っているうちに、仲間の一人がおっさんの腹に殴《なぐ》りかかる。だが、おっさんは痛がるそぶりも見せなかった。

いったい何やってんだ、あんなおっさん一人、一発で倒せないなんて。

仲間に嘲笑《ちょうしょう》を向けつつ、俺たちもおっさんに殴《なぐ》りかかるが、なぜか躱《かわ》されてしまう。それどころか、さほど力が入ってなさそうなキックをされただけで、俺の足に激痛が走った。見ると、とんでもない方向に曲がっている。これ、折れてるんじゃねえの？

この野郎、殺してやる……！

そう思って仲間たちに指示を出せば、みながナイフを取り出す。そして刺してやろうと迫るが、おっさんは全てを躱《かわ》してしまう。あげく、息を切らした仲間たちを汚水の中に投げ込んでいった。

このままじゃヤバイと思った俺は、服を脱いで返した。足が折れているせいでズボンは脱げなかったが、おっさんに裾《すそ》を引っ張られて脱がされる。

おっさんは改心したら回復薬をもらえるようにしてやると言い捨てて、去っていった。

その後は散々だった。敵対していた連中にここぞとばかりに攻撃され、汚水に投げ捨てられ、這《は》い上がろうとしてはまた蹴落とされ——

俺は両足を斬られ、仲間たちもひどい目にあっていた。

そのあたりからもう記憶がない。

起きたら仲間たちが泣きながら喜んでおり、近くにあのおっさんがいた。

どうやら仲間が頼んで、俺のことを治してくれたらしい。

「お前たち、まだ俺を兄貴って呼んでくれるんだな……」

こんな状況でも俺を慕《した》ってくれる仲間たちに、俺もまた涙し、改心することを誓ったのだった。

そんな俺に、あのおっさんは服まで買ってくれた。

しかも、おっさんは仲間たちの怪我《けが》も治してくれた。

おっさんは俺たちの恩人だ！　これから心を入れ替えて、おっさんのためならなんでもしようと誓った。

閑話二　城での出来事

ミーツが隠れスキルの確認をしに教会に向かう数日前、城のある一室で王と国一番の魔法使いであるマーブルがこそこそと会話をしていた。

「王よ、勇者は騎士団の副団長の手に堕ちたようですから、勇者の仲間の男は処分してもよろしいかな？」

「あー、いいんじゃないか。でもどうやって処分するのだ？　あのとき追放した小僧みたいにするのか？」

「いえ、今回は勇者の手によって処分させようかと」

「どうやってだ？」

「副団長を使ってです。もちろん、彼にはもう伝えてありますから、あとは王の許可が下りれば、儂《わし》から副団長に言ってやらせますぞ」

「ああ分かった、許可しよう。だが終わり次第、どうやって処分したかくらいは報告しろよ？　余《よ》も知りたいからな」

「承知しました。ではこれから動きますゆえ、失礼しますぞ」

マーブルは、副団長のケインを防音の魔道具がある城の部屋に呼び出して、王の許可が取れたことを伝えた。

「マーブル様。いよいよ、やっていいんですね？」

「やり方は副団長殿に任せますぞ。どのようなやり方でも、勇者が手を下《くだ》しさえすればよろしい。

ああ、終わり次第、儂に報告をお願いしますぞ。処分できたら、勇者のお披露目《ひろめ》パレードでも開催しますかの」

「分かりました。しかし、勇者の撫子《なでしこ》は王には献上できませんが、それでも構いませんか？」

「それは構いませぬ。王は献上を望むであろうが、儂が止めますのでな。副団長殿の好きにしたらいいと思いますぞ。ただし、勇者として使いものにならないようにだけはしないでもらいたい」

「それは心得ております。それでは、失礼します」

ケインはマーブルに笑顔で答えて退室し、その足で英雄《ヒーロー》とメイドがいる部屋に向かうことにした。

「ククク、ついに撫子が完全に私のものになるときが来たようだ。さあ、撫子を上手く操り、仲間を殺してもらおう。メイドたちにも、あいつのためにそろそろ動いてもらおうか！」

ケインは誰もいない廊下を歩きながら呟《つぶや》き、前々から考えていた英雄を消す作戦を実行することにした。まず、英雄がメイドたちとイチャイチャしている部屋の扉をノックし、返事を待たずに入った。

「ああ？　なんだよ、副団長が俺になんの用だ？　俺はメイドたちと忙しいんだよ！　勝手に入ってくんじゃねぇよ、出ていけ！」

素っ裸の英雄は、同じく裸のメイドたちと抱き合っていたところで、不機嫌そうに怒鳴《どな》った。

「申し訳ございません。ただ、メイドたちの様子が、ここ最近おかしいことにお気づきでしょうか？」

「はあ？　いつもと変わらねえよ。なあ、お前たち！」

「いえ、実はメイドたちは撫子様に、英雄様に近づくなと脅《おど》されているのです」

「なんでだよ！　あいつは関係ないだろ？　そんなこと言うなら、俺がブチかましてやんよ」

「さすがは英雄様！　撫子様のような臆病な勇者とは違い、頼りになりますなあ。撫子様よりあなたの方が勇者に向いているかもしれません！」

「ですです。英雄様が勇者だったらよかったのに」

「あんな小娘じゃなく、英雄様に一生仕えたいです」

「そういえば勇者を殺したら、代わりに勇者の称号が手に入ると聞いたことがあります」

　この日のために事前にケインと打ち合わせをしていた三人のメイドは、ケインとともに口々に英雄を褒め称《たた》え、勇者と戦うように仕向けた。

「え、そ、そうかな？　でもさすがに殺すのはなあ」

「いえ、私どもは英雄様の子を身ごもりたいとさえ思っております。でも、勇者様に脅《おど》されてしまっているのです。そこでどうにか策はないかと色々調べましたところ、同じ異世界から来た仲間の手で殺《あや》めれば、勇者の称号は殺《あや》めた人に移動するという文献を発見したのです」

「マジで!?　なら殺《や》っちゃうか！」

　メイドは英雄に嘘を言ってやる気にさせた。そしてケインが、とどめとばかりに英雄を持ち上げる。

「さすがでございます。私もあんな小娘に仕えるのはうんざりしていたものですから、嬉しく思います！　では明日、撫子様を訓練場に連れていきますので、英雄様もおいでください。そのときに……よろしくお願いいたします」

帰りざま、ケインはメイドにアイコンタクトをして部屋を出た。そして、今度は撫子のところへと向かった。

「撫子、起きてますか？」

撫子の部屋の扉をノックし、返事を待つ。するとすぐに扉が開いた。

「ケインを待ってたの！　早く入って！　ここに来るの誰にも見られてない？」

撫子はケインに抱きつき、あたりをキョロキョロと警戒しながら、部屋に入らせた。

「大丈夫だよ。私も撫子に会いたかったから、用事を終わらせてすぐに来たんだ」

「用事ってなんだったの？」

「実は撫子の仲間の英雄が、おかしなことになってしまってね、手のつけようがなかったんだ。どうやら、城に忍び込んだ魔族によって洗脳された可能性がある」

「え？　魔族が城に入り込むことなんてできるの？　英雄くんはどうなったの？」

「普通なら絶対にないことなんだけど、英雄がメイドたちと肉体関係にあってね。毎日のようにメイドを取っ替え引っ替えしていたから、その隙《すき》をついて入り込んだんだと思う。それで英雄が、明日撫子を殺すと言い出したんだよ。必死に止めたんだけど、勇者を殺して俺が勇者になるなんて意味の分からないことを言っていて……。ああなってしまうと、もう殺してあげることしか救う手立てがないんだ」

「そんな、殺すなんて！」

ケインの言葉に、撫子は青ざめて叫《さけ》ぶ。ケインは彼女に寄り添うという、ひときわ優しい声で続けた。

「でも大丈夫だよ。異世界から来た者は、同じ異世界から来た勇者の手で殺《あや》めれば、元の世界に戻るだけだからね」

「え、そうなの？　初めて知ったわ」

「ああ、本当だよ。それで、英雄を撫子の手で元の世界に送還したら、勇者のお披露目《ひろめ》のパレードをするように、マーブル様に提案しようと思ってるんだ。今の撫子なら、英雄くらい簡単に送還できるから大丈夫だよ。私は撫子と将来的に結婚を考えているんだ！　だから私のためにも明日、やってくれるね？」

ケインが結婚という言葉を出すと、撫子は決意した表情で返事をする。

「うん。怖いけど、ケインが私のことをそんなに思ってくれてるなら、頑張《がんば》ってみる」

「ありがとう撫子！　では、私は明日のために少しやることがあるから、失礼するよ」

そう言って撫子の唇に軽くキスをした。

すると、彼女は顔を真っ赤に染めて目を閉じ、もう一度だけお願いと懇願する。ケインはさっきより濃厚なキスをしてやると、部屋を出ていった。

「ククク、これで準備は整った。あとは撫子が上手く英雄を殺《や》れるかどうかだな。ククク、明日のことを思うと笑いが止まらない」

ケインは城にある騎士団の執務室に入って明日のことを想像し、一人笑い続けた。


翌日。訓練場にて、英雄と彼を懐柔《かいじゅう》した三人のメイドが、撫子と対峙していた。

「撫子！　俺はこれからお前を殺す！　恨《うら》むなら自分の非力を恨《うら》めよ！」

「やっぱりおかしくなってるんだね？　私のことも呼び捨てになってるし。私を呼び捨てにしていいのはケインだけなんだから！　無事に送還してあげるから、一人寂《さび》しく逝《い》きなさい」

そう言って二人は訓練用の剣ではなく、人を殺せる刃がついた武器で斬り結ぶ。

いつもケインの訓練を受けている撫子に分《ぶ》があり、毎夜遅くまでメイドたちとイチャイチャしていた英雄は段々と劣勢になっていった。

「撫子がこんなに強かったなんて！　クソ！　何がなんでも殺してやんよ」

「可哀想に。今送ってあげるね」

撫子は憐《あわ》れむような目を英雄に向けると、剣を振り上げ、実は事前に折れやすいように切り込みを入れられていた剣ごと、英雄を真っ二つに斬り裂いた。

しかし、床に転がったまま いつまで経っても消えない英雄の遺体を不審に思った撫子は、ケインに詰め寄った。

「ケイン！　英雄くん、送還されるんじゃなかったの？　わた、私、英雄くんを斬っちゃったんだけど消えないの！」

「送還されてますよ。来世にですがね」

ケインは微笑《ほほえ》んでそう告げた。

「来世ってどういうこと？　ケイン、勇者が殺せば、殺された異世界人は元の世界に送還されるって言ったじゃない！　あれは嘘だったの？」

「嘘はついていませんよ？　ですが私は、生きたまま送還されるなんて言ってません」

「そんな、嘘だよね？」

「別にいいじゃないですか？　将来的に私たちの邪魔にしかならない者がいなくなって」

「でも、でも、私、人を殺しちゃった……しかも友達の英雄くんを殺しちゃった。ころ、こ……あ、嗚呼嗚呼《ああああ》ああああああああああ」

撫子は、自我が崩壊したようになってしまった。

「あらら、少しおかしくなったな。しばらく様子を見て使えないと判断したら、隷従の首輪でもつけるか」

撫子を冷静に見ていたケインはボソリとそうこぼしたが、そんな呟《つぶや》きなど、今の撫子の耳には届かない。

取り乱している撫子は、その場に待機していたケインの部下たちに腹を殴《なぐ》られ、気絶したところを部屋に運ばれていった。

翌日になっても、撫子は英雄を殺してしまったことに落ち込み、食事どころか水さえ飲まず、髪もぐしゃぐしゃのまま、部屋の隅で塞《ふさ》ぎ込んでいる。

普段から撫子の世話をしているメイドたちはどうしたらいいか分からず、ケインに相談したところ、彼はノックもせずに撫子の部屋に入り、彼女の両手を持って立たせると無理矢理キスをした。

「ん、むんんん、やめて！　何するのよ！」

撫子はケインの唇を噛《か》んで突き飛ばし、彼を睨《にら》んだ。

「撫子が落ち込んでいるようだから、元気づけようとしたんだ。ねえ撫子、今回殺したのがたまたま知り合いだっただけで、これから撫子は勇者として、魔族やエルフ、獣人を殺していかなきゃいけないんだよ？」

そんなケインの言葉に、撫子ははっとする。その様子を窺《うかが》いながら、ケインは真剣な表情を見せて言葉を続けた。

「もっと強い気持ちを持つんだ、そして、英雄をあんな風にした魔族を恨《うら》め！　そうだ、魔族の秘伝の魔法には人を生き返らせるものがあると聞く。撫子、このまま落ち込んでいていいのか？」

「え！　そんなのがあるの？」

「あるとも！　だから撫子、魔族を滅ぼして私と結婚をしよう！　そのためには撫子に、身体も心も強くなってもらいたいと思ってるんだ」

「魔族を滅ぼさないと、ケインと結婚できないの？」

「そういうわけではないけど、王に認めてもらえるような実績は積まないといけない。王は撫子を自分のものにしようとしているしね」

「え、あの人となんて絶対に嫌！」

「それなら、英雄を殺したことでいつまでも落ち込んでる暇はないぞ！　私だけの撫子になってほしい！　私だって君を王には渡したくない」

「うん、分かったよ。英雄くんはいずれ魔族の秘伝の魔法で生き返らせたらいいね。私も早くケインだけのものになりたい！」

「ああ、そうだ！　その意気だ！　勇者のお披露目《ひろめ》パレードはひとまず延期にしてもらうよ。だからこれから、私とともに強くなろう！」

「うん！　ケイン好き！　さっきは唇を噛《か》んでごめんなさい。またキスをしてくれる？」

「ああ、いいとも」

　ケインは撫子にキスをし、明日から厳しめに訓練をすると告げると、名残惜《なごりお》しそうにする撫子の視線を受け止めつつ部屋を後にした。

　こうして、撫子を隷従の首輪なしで手懐《てなず》けることに成功したケインは、その足でマーブルと王のところへ報告に向かった。

「さすがは副団長殿！　いや、もう長いこと不在の団長など解任して、ケイン殿に新しい団長になっていただいてもいいですな！」

「マーブル、勝手に決めるでない。だがケインよ。余《よ》の権限により、本日で副団長の任を解き、騎士団の団長に任命する。勇者を導き、魔族の撲滅《ぼくめつ》に励むがよい。それでケイン、勇者の献上はどうなりそうだ？」

「いえ、それは……」

「それは難しいと思われます。勇者様はケイン殿に惚《ほ》れてしまっています。もし王が勇者様を求めるようなことをすれば、勇者様は王を手にかけようとするか、国を出ると思いますぞ」

　ケインが王への返答に困っている様子を見て取り、マーブルが代わりに説明した。

「それは困る！　余《よ》が勇者に殺《あや》められるなど笑い話にもならん！　ケインよ、勇者の手綱《たづな》をしっかりと握っておけよ？　勇者献上の件はもう考えなくてよい」

「かしこまりました」

ケインは頭を下げながら、こっそり安堵《あんど》の表情を浮かべる。そして再び頭を上げて王に進言をした。

「ところで勇者の今後についてなのですが。撫子は仲間を殺したことで自責の念に囚われています。そこで、これから少しずつでも、魔族や人を殺すことに慣れさせる必要があると思います。それで、奴隷や、城の地下に閉じ込めてある魔族どもの処分を、勇者撫子にさせてはいかがでしょうか？」

「マーブルが許可するなら余《よ》は構わん。あの奴隷たちはマーブルが連れてきたのだからな。だが、魔族も捕らえているのか？　余《よ》は、奴隷や召喚の儀式に使う魔法使いについては聞いておったが、魔族もいるとは知らなかったぞ。魔族が余《よ》の城の地下にいると思うと、嫌な気分になるな」

王は、嫌そうな顔をしながらマーブルに言う。

「魔族は前の戦争のときに、研究のためいくつか捕らえておったのです。まだその研究が終わっておりませんので、もうしばらく処分はお待ちくだされ。ケイン殿もよろしいですかな？　それに奴隷もまだ使い道がありますからの、処分はしないでいただきたい」

「かしこまりました。では、他に処分しても構わないものはあるでしょうか」

「それならば、あの死んだ小僧に仕えていたメイドなぞはどうですかな？　あとは街で適当に犯罪者を引っ捕らえて、殺したらいいと思いますぞ」

「なるほど、確かにあのメイドたちを生かしておくと、あとあと面倒になりそうですね。犯罪者については私の伝手《つて》で探してみます」

　こうしてケインは、王とマーブルへの報告を終え退室した。

　その足で早速、英雄と肉体関係にあったメイドたちに適当な濡れ衣を着せ、捕らえた。何も話せないように舌を切り、手足を縛《しば》って城の地下に閉じ込めるまでを、抜かりなくやった。

　また、明日にでも、伝手《つて》のある暗殺専門の冒険者を呼び寄せ、殺しても問題ない者を連れてくるよう命じることにした。

　ケインが出ていった玉座の間《ま》では、王とマーブルが話し合っていた。

「王よ。残りの勇者の仲間についてはどうされますかの？　街に出かける許可をやり、街で冒険者になっている者たちです」

「どうとはなんだ？　あいつらも殺すのか？」

「追放したやつはいずれ勝手に死ぬでしょうから、問題はないでしょう。儂の言っておるのは、大賢者と大魔導師のことですぞ！」

「あー、あやつらか。何か考えでもあるのか？」

「今のところ問題はないでしょうが、念のため国から出さないようにしておくのがよろしいかと思いますぞ」

「そうだな、なら国境の兵にでも通達しておけ。しかし、勇者は余《よ》のものになると思っていただけに残念だな」

「それは仕方ないことですの。ケイン殿に惚《ほ》れさせたことにより色々と上手く運んでおるのですから。それに、魔族を滅ぼした後にならどうとでもできましょう。団長ケイン殿には、ことが全て済めばこの世から退場していただいた方がよいと思いますからの。ホッホッホ」

「ククク、マーブル、お前は本当に悪いやつだな。だが、余《よ》はそんなお前が大好きだ。分かった、ひとまず勇者のことは諦《あきら》めよう。だがいずれは余《よ》のものにする。よいな？」

「そのときはどうぞご自由になさってくだされ。儂は魔族を滅ぼした暁《あかつき》には、魔族領にあるとされる宝と、魔族の王族が大事にしている家宝をいただければ満足ですからの」

「ああ、お前がこの国に来て余《よ》に仕えた理由がそれだったからな。最初からその約束だった。ちゃんと覚えているぞ」

「ありがたき幸せ。では、勇者にしても勇者の仲間にしても、どうなるかはしばらく傍観しますかな」

今後については、よほどのことが起きない限りはしばらく傍観することで合意した。お互いの本当の思惑を悟られないように、二人は笑い合った。

第十三話

王都前の荒野はだだっ広い。そのため、最初は三列で並ぶことにした。

トリケラトプスのトーラスが引くキャンピングカーが先頭を行き、その後ろに馬車が三列になり進んでいる。

トーラスと馬車を囲むようにして、冒険者たちが護衛として守っている。先頭集団にはカミラと、キャロがそれぞれ率いる女性パーティがおり、トーラスと並んでいた。

キャンピングカーの御者台に座る俺の隣には、筋骨隆々なオネエのダンク姐さんがいて、俺に御者のやり方を教えてくれていた。そうしてダンク姐さんに教わりながら進むと、まだ荒野なのにゴブリンの群れが現れた。五十体くらいはいそうだ。

「女性が多くいるのを見つけたのかな？　先頭に女性が多いと、やはりこういったアホな魔物が寄ってくるか。キャロのパーティもカミラのパーティも女性オンリーだし、みんな綺麗《きれい》だから仕方ないんだけどな」

そう俺は心の中でぼやいた——はずなのに……

「ミーツちゃん、みんなに聞こえてるわよ？」

「え？　嘘、心の声のつもりだったんだけど」

あたりを見回すと、キャロとカミラ、そしてそれぞれのパーティの面々が真っ赤になっていた。俺の発言が気に障《さわ》ったのか、凄《すご》く怒っているようだ。

「悪かった！　俺がすぐあいつらを倒すから、そんなに怒らないでくれ！」

俺は慌《あわ》ててそう言うと、みんなはポカーンとした顔で俺を見つめた後、クスクス笑い出した。俺は意味が分からなくて、横にいるダンク姐さんを見る。

「ミーツちゃん、いつからそんな鈍感《どんかん》な人になっちゃったのかしら？　性格も変わっちゃったわね」

「ダンク姐さん、何言ってるの？　みんなよく分からないな……とりあえず倒しに行くよ」

そう言って動き出そうとすると、ダンク姐さんが俺の肩を掴んで制した。

「依頼主のミーツちゃんが動くものじゃないのよ。冒険者を雇ってる意味がないでしょ？　あの子たちもやる気になってることだし、手を出しちゃダメよ」

ダンク姐さんの言葉でゴブリンの方を見ると、既にキャロとその仲間たちが動き、あっさり倒してしまっていた。キャロの持ってる武器は、訓練場で見た棍棒《こんぼう》ではなく、同じトゲがたくさんついた棒でも、鉄製だった。そんな棒を軽々と振り回していたから、あっさり終わったのだ。

パーティメンバーは、キャロから距離をとって彼女のサポートをするという戦い方で、おかげで彼女は好きなように動ける。見ていて気持ちのいい戦闘だった。

カミラはどうやら出遅れたらしく、俺がキャロに見惚《みと》れているのに気づくと、俺の隣に座って悔しそうに腹をつねってきた。

「いた！　何するんだ！」

「キャロに見惚《みと》れているからですわ！　わたくしだって戦えば、キャロより美しく舞えるのに」

「そうだね。それなら次はカミラに任せるよ」

次はカミラに花を持たせようと思いながら、子供にするようにそっと彼女の頭を撫《な》でてやる。カミラは真っ赤になって俯《うつむ》いてしまった。

ふと視線を感じてカミラの逆を見れば、そこにいたはずのダンク姐さんがいつの間にか席を離れていて、代わりにキャロが座り、無言で俺をジーッと見つめていた。

俺はなんとなく怖くなり、キャロに一言労《ねぎら》いの言葉をかけて、彼女の頭も撫《な》でた。

「あたいが戦っていたのにカミラとイチャついているから、ダーリンを引っ叩《ぱた》こうと思ったのに、そんなことされたらできないじゃないのさ」

赤くなったキャロが拗《す》ねたように言う。

「イチャついてなんかいないさ。俺がキャロに見惚《みと》れていたから、カミラが嫉妬《しっと》したんだよ」

「そうなのかい？　ダーリン、あたいに見惚《みと》れていたのかい？　嬉しいねえ」

「だけど、女だらけのパーティがこの先も先頭にいれば、またゴブリンの群れが現れる可能性があるな。この荒野でこれだけのゴブリンに襲われるってことは、この先森に入れば、その数はさらに増えるだろう。森に入ったら、お前たちのパーティは馬車の荷台に入るか、後方に移動してほしい」

俺はカミラとキャロに提案した。

実際、こんな何もない荒野で度々ゴブリンの群れに襲われては、移動に支障が出てしまう。

俺の提案に、カミラは何を勘違《かんちが》いしたのか、キャロにボソボソ何か言うと、俺のいるキャンピングカーにふたりで乗り込み、残りのパーティメンバーは後方に下がった。

「いや、このキャンピングカーじゃなくて、馬車にだね……」

「無駄よ。ミーツちゃん、後であの子たちにきちんと説明してあげなさい」

まだまだ序盤なのに前途多難だと思いつつも、俺たちは進んでいく。

第十四話

ゴブリンの群れと戦った後は何事もなく進み、五時間ほど進んだ頃、最初の森に到達した。俺たちは森に入る前に一度休憩《きゅうけい》を取ることにする。そこで俺は、モブたちとアリスたちをキャンピングカーに呼んだ。

馬車を挟むようにして配置していたから、お互いに顔を合わせることはなかった。だが、前に訓練場で、俺の悪口を言うアリスたちにモブらが怒ったことがある。だから、顔は覚えているはずで、その証拠にみな居心地が悪そうだ。

「以前のことは水に流して、紹介する。この子たちはモブ、ビビ、ポケ。俺のことを師匠と呼んでくれている冒険者だ。こっちは愛、アリス、ジャス、俺と同郷の子たちだ。モブ、仲良くしてやってくれな」

「師匠がそう言うならいいですよ。師匠と同じ世界の人たちだったんですね」

愛たちも、モブに以前のことを謝罪した。これでもう、わだかまりはないだろう。

「実は、モブには頼みがあってこいつらを紹介したんだ。俺は今回の護衛の後、そのままこの国を離れる。俺が離れている間、モブの時間のあるときでいいから、ジャスを鍛《きた》えてやってくれないか？」

「俺は構わないですよ。そちらの女性たちは魔法が使えるみたいだし、軽くパーティを組むかい？」

「俺は嬉しいよ。モブが言葉遣いだけじゃなく、考え方まで紳士《しんし》っぽくなって。何か心境の変化でもあったか？」

「それについては、後で話します。師匠には報告しなきゃいけないですから、後で聞いてください」

モブは俺に向き合うと、なんともきちっとした態度で言った。凄《すご》い変化だ。

嬉しくなりながら愛たちの方を見ると、ポケとビビを交えて仲良く話していた。ポケを愛とアリスの二人で弄《いじ》るほどに、すっかり打ち解けている。

「みんな仲良くなったようだね、ビビ」

「ちゃんと話してみたら凄《すご》くいい人たちですね。ミーツさんたちの世界の話を少しだけ聞かせてもらってました」

「僕はもう弄《いじ》るのはやめてほしいんですけど」

「いいじゃない、メッチャ可愛《かわい》いね、ポケ君」

「うんうん、可愛《かわい》い可愛《かわい》い」

アリスと愛は、ポケを撫《な》でたりほっぺをプニプニと触ったり、くすぐったりと楽しんでいた。ビビも止めないで一緒に遊んでいるが、ポケは本当に嫌そうだ。

助けを求めるようにモブを見るが、モブは顔を背けるだけで助けようとしない。仕方なく、俺がさすがにやりすぎだと言って止めた。

俺は、モブとビビの間にもどこかいつもと違ったものを感じて、こっそりビビに何があったか聞いてみる。

「ビビ、モブが凄《すご》くしっかりしたというか、変わったように見えるんだ。お前たち二人の様子もなんだかいつもと違うようで。もしかして二人は付き合ってるのか？」

「はい！　モブに告白されました。Bランクになったら結婚してくださいって」

「おい、言うなよ！　師匠には後で言おうと思ってたのに」

「おお、やっぱりか！　おめでとう、ビビ！　モブはまだまだそんな度胸ないと思ってたけど、やっと言えたんだな。ただ、ビビは可愛《かわい》いから、早めに言っておかないと不安だもんな？」

「はい、あの護衛のときビビが師匠とやたら仲良くなっていたのを見て、俺は自分の気持ちに気がつきました。でも、ずっと一緒にスラムで生活してきた仲だから、この関係を壊すのが怖くてなかなか言えずにいたんです。ビビが可愛《かわい》くなってることに、俺だけじゃなく他の男たちも気がつきはじめて、焦《あせ》って、振られるのを覚悟で告白しました」

「うんうん、よかったよかった！　Bランクになるのももうすぐだもんな。この護衛が終わり次第、俺から報酬と結婚祝いをたっぷり渡すから期待してろよ？　そのためにはきちんと、この依頼は遂行しなよ」

「「はい！」」

「うん、二人ともいい返事だ」

「二人が結婚したら、ポケ君はどうするの？　二人の家で一緒に住むの？」

俺たちの話を聞いていた愛が、ポケの今後について聞いてきた。

「まだ家はないけど、一緒に住む予定だよ。ポケは俺の弟だし、一人にはしないさ」

「それだと二人の時間があまり作れないし、子供作るとき、ポケ君がいたら作りにくいんじゃない？」

「子供ってまだ早いよ、ねえモブ？」

「あ、ああ。確かにいつかはそれも考えないといけないけど、ビビの言う通り、まだちょっと早いかな？」

よほど恥ずかしいのか、モブとビビは二人して顔を真っ赤にしている。

「なら、ポケは俺たちと一緒に行動したらいいんじゃねぇか？　俺たちもまだ家はなくて宿暮らしだけど、そのうち家は購入したいしな」

「ジャス君！　いいことを言うね！」

「うんうん、それがいいよ！　ポケ君、私たちと一緒に住もうよ」

ジャスの提案に、愛とアリスも乗る。

「えっと、悪いけど、それは遠慮しておきます。兄ちゃんたちにとって僕が邪魔になるんだったら、僕は別に一人でも宿に泊まれるから、気にしないで。大丈夫だよ、兄ちゃん」

「別に今すぐ決めなきゃいけないことでもないし、そんな焦《あせ》って返事しなくていいんじゃないかな。この依頼中に一緒に行動して、ジャスたちの人柄を見ながらじっくり考えて決めるといいよ！」

そう俺は、若者たちにアドバイスした。

「それでもいいなら考えてみます」

ポケは真面目《まじめ》な顔で頷《うなず》く。

「そうだな、俺たちはいい返事を待ってるぜ！」

「うん、お兄ちゃんのモブ君が許してくれるなら、一緒に住もうよ」

「そうそう、ゆっくり考えていいから、前向きに検討してね」

よかった、これで俺がいなくなった後のジャスたちも大丈夫そうだ。安心していたところで、俺はあることを思い出した。

「あ！　忘れるところだった」

「どうしたの？　おじさん」

「マジックバッグをみんなに渡そうと思ってたんだよ。容量が五十メートル四方のものが余分にあるんだが、パーティに一個ずつでいいかい？　愛たちに一個と、モブたちに一個で」

「全然いいよ！　五十メートル級ってかなり入るんじゃないの？」

「師匠、俺たちにもいいんですか？」

「ああ、もちろん！　本当は二個とも愛たちに渡すつもりだったんだけど、よくよく考えたら二個もいらないだろうと思ってさ。愛たちには、グレンさん用に必要なアレの入ったマジックバッグも渡してあるし。持ってるよね？」

「うん、持ってるよ。あのバッグは、材料がなくなった後もそのまま使っていいの？」

「いいよ。好きに使いな」

「ありがとう！　やっぱりおじさんって太っ腹だね」

喜ぶ愛は、急に何かに気づいたような顔をして、俺とアリスにちょいちょいと手招きをする。そして耳元で小声で尋《たず》ねてきた。

「ところで、おじさんの魔法についてはモブ君たちに話してないの？」

「ああ、言ってないし、これからもよほどのことがない限り言うつもりはないから、お前たちも勝手に言うなよ？」

「はい。愛にも言わせないように、私がなるべく気をつけます」

「ちょっと、アリス！　私も勝手には言わないよ！」

「なんで愛ちゃんたちだけ知ってて、俺には教えてくれないんだ？」

結局盗み聞きされてしまった。ジャスが俺たちの後ろから顔を出し、そんなことを言ってきた。モブたちも聞き耳を立てていて、ジャスに問いかける。

「ジャス君も知らないのかい？」

「モブ、愛たちには、ギルマスのグレンさんに関するとあることをお願いしてるんだ。そのために必要だったから、魔法のことを話したんだよ。今後愛たちが作るものについて、余計な詮索《せんさく》はしたらダメだからな？　もらったりするくらいならいいけどね」

「よく分からないけど、詮索《せんさく》しないって約束します」

「なんだろう？　ミーツさんの異常とも言える魔法、凄《すご》く気になるけど……でもミーツさんが隠したいことなら仕方ないですね」

「僕も気になるけど分かりました」

モブ、ビビ、ポケの三人が了承してくれた。

「俺にはコッソリ教えてくれよ？」

しかし、ジャスがそう言う。

「愛、アリス、間違ってもジャスには言うなよ？　こいつは無自覚でべらべらと喋《しゃべ》る恐れがあるからな！」

「『言わないよ！』」

そうして二組にマジックバッグを渡した。話し合いは終わったと思ったのか、教会の孤児院で俺に懐《なつ》いていた女の子が、開いていたキャンピングカーの入り口をよじ上り、入ってきた。そして胡座《あぐら》をかいている俺の膝の上にポンと乗っかって、俺を見上げてニッコリと笑う。

気配を感じて扉の方を向くと、他の子供たちもジーッとこっちの様子を窺《うかが》っていた。

どうやらトーラスと遊ぶ許可をもらいたかったみたいだが、俺が真面目《まじめ》な顔でモブたちと話していたから、シスターや他の大人たちに止められていたようだ。

時間的にもうあまり長くは休憩《きゅうけい》できないが、少しなら大丈夫かなと思い、トーラスと遊んでいいと言うと、子供たちは一斉にトーラスのところへ行った。

でも、俺のことを知ってる子供たちは、トーラスよりも俺に遊んでほしいらしい。遊んでオーラ全開のキラキラした目で見てきたから、モブたちを巻き込んで少しの間遊んだ。

第十五話

子供たちと遊んだ後、モブたちを俺のキャンピングカーで休ませて、出発の準備を開始した。

トーラスで森に入るのは初めてだが、トーラスが通れるくらいの道の広さはあったから助かる。今度は俺たちを先頭に、一列に並び直して進んでいく。

「ダンク姐さん、ちょっといいかな？」

俺は御者台とキャンピングカーを仕切る扉を開け、中にいるダンク姐さんに声をかけた。ダンク姐さんは俺の近くへ移動する。

「何かしら？」

「車の中、人が多くて狭くなってない？」

「そうねえ、シオンちゃんは結構狭そうにしてるわね」

「じゃあダンク姐さん、そろそろ外に出て護衛をしてもらってもいいかな。王都からそれなりに離れたし、シオンにも出てもらおうかな？　モブたちには体力が回復したら出てこいって言っといて」

「そうね。分かったわ」

「あー、やっと外に出られるのか。女ばかりでうるさくてかなわなかったぜ」

シオンが心の底からうんざりしたように言う。

「なら、もっと早く出てもよかったのに」

「何やらごちゃごちゃと話してたろ？　そんな中に入れるかよ」

「確かにね。あの中にシオンが交ざってたら不自然だったな」

「だろ？　でも、これからは俺も戦っていいんだろ？」

「ああ、お願いするよ」

そうしてダンク姐さんはキャンピングカーを降り、シオンは俺の隣に座った。

しばらく森を進んでいくと、体力が回復したモブとポケ、ジャスも出てきて、護衛を再開すると言い、後方の馬車について歩き出したようだ。

代わりにダンク姐さんはキャンピングカーの屋根に登り、あたりを見渡して警戒している。シオンは俺の隣で同じく警戒しながら、いつでも戦闘に入れる態勢をとっていた。

女の子たちはゴブリンを警戒して出てこない。

森を進んでいくと、やはりゴブリンは現れたが、先程の荒野ほどの数はいない。このまま進めればいいと思いつつ、森の終わりくらいの位置に差しかかった頃、屋根で警戒していたダンク姐さんが、前方からゴブリンとは違う魔物が来ると報告してきた。

確認すると、木々が密集したあたりから熊の魔物が現れた。俺が動こうとするのをシオンは止め、剣を抜いて御者台から飛び降りると、自ら魔物に向かっていった。

一人で大丈夫かと見ていたが、全く問題ないようだ。光魔法で熊に目眩《めくら》ましをし、余裕で倒した。

「いやー、やっぱりじっとしてるのは性に合わないな」

「このシオンが倒した魔物、なんて言うんだ？　熊の魔物だろうけど」

「それはね、熊《く》ン魔《ま》ミーアよ」

ダンク姐さんが答えてくれる。見事なダジャレのような名前だ。

「これって食べられるのかい？」

「もちろん！　美味《うま》いぞ！」

「シオンの美味《うま》いは当てにならないからなぁ。ダンク姐さんも美味《うま》いと思う？」

「そうね、普通に美味《おい》しいと思うわよ。焼いて食べるにはあまり向かないけど。洗って生で食べるのが通の食べ方ね」

ダンク姐さんが言うなら大丈夫だろうと、熊ン魔ミーアをアイテムボックスに放り込んだ。

引き続き進んでようやく森を抜け、さらにしばらく進むと、開けた場所に出た。川も近くにあり、よさそうな場所だったので、今日はそこで野営をすることにした。

後ろの馬車が到着する前に、こっそり想像魔法で簡単な竈《かまど》をいくつか作り、同じく魔法で食材となる野菜類を大量に出しておく。野営場所に到着したシスターや大人たちが竈《かまど》や食材を見て驚いていたが、すぐに食事の用意を始めてくれた。

賢が護衛している最後尾の馬車の到着を確認したのち、ロイスとニックと賢を呼び、問題はなかったか確認を取ることにした。

「先頭では、荒野でカミラたちを外に出していたため、ゴブリンの群れが出た。だから、森では女性たちには馬車に入ってもらったよ。森で遭遇《そうぐう》した魔物は、ゴブリン数体と熊ン魔ミーアくらいだった。賢の方はどうだった？」

「こっちは今のところ、ゴブリンとホブゴブリンにコーガが出たくらいかな。俺の指揮下にいる冒険者も、今のところは問題ないと言ってたぜ」

「コーガ？　コーガってどんな魔物だ？」

「オーガって知ってるか？」

「ああ、知ってる。鬼の魔物だよな」

「それの下位に当たる魔物だ。オーガより一回りくらい小さく、オーガの子供って感じかな」

「なるほど、この先で出てくるかな、見てみたいものだ。じゃああとは、何かあればお前の能力で連絡を頼む。ニックとロイスはどうだった？」

俺が、賢からニックに視線を向けて尋《たず》ねると、ロイスが視界に割り込んできた。

「何でニックに言うのさ！　ボクが中間あたりの隊長だよ！」

「はいはい、そうだな、隊長殿」

ニックがロイスに同意しながら、どうどうと彼女を宥《なだ》める。そして改めて報告を始めた。

「俺たちの方も今のところは問題ないな。魔物に関してはゴブリンはもちろん出たが、牛魔と馬魔も出たな」

「こっち側も熊ン魔ミーアとコーガは出たよ。ボクの跳び蹴り一発で飛んでいっちゃったけどね！」

「いつの間に。気づかなかったな。他の冒険者も特に問題はないようだぜ」

「問題あるよ！　弱い冒険者が固まってる箇所がいくつかあったから、上手くバラけるようにってボクが指示したんだよ！」

「へえ、意外だな？　ロイスが高ランク冒険者らしく、きちんと他の冒険者たちを見て仕切ってるなんて」

俺は驚いて、ちょっと失礼なことを言ってしまった。しかしロイスは全く気づかず、むしろ褒められたと思ったらしく胸を張った。

「でしょでしょ！　だから監視役なんていらないんだよ」

「いや、どちらにしろニックのような器用になんでもこなせるやつは、クセが強いロイスにつけた方がいいんだよ。じゃあ、明日もこの調子で大丈夫そうだな？　何か意見があれば今のうちに言ってほしい」

「俺は大丈夫だ」

賢が答えた。

「ボクも、明日もこんな感じだったら大丈夫だよ。ね、ニック？」

「ああ、おっさんがそこまで俺のことを買ってくれるなら、それに応《こた》えないといけないからな。俺も大丈夫だ」

こうして一日目の話し合いは終わった。

俺はトーラスのもとに向かい、トーラスが何を食べるか色々試すことにした。まずは野菜を与える。

子供たちはここに着いてからずっとトーラスと遊んでいたが、俺がトーラスの食事の時間だと言うと、遊ぶのをやめて俺たちの様子をジッと見ていた。

最初に与える野菜はキャベツとレタスだ。これは問題なく、トーラスはバリバリと食べていく。生のカボチャは、人間が飴玉《あめだま》を噛《か》み砕《くだ》くときのようにガリボリと音を立てていたが、少し食べにくそうで、あまり好きではないみたいだ。

色々食べさせた結果、キャベツやレタス、白菜などの葉物が好きみたいだな。俺は、今もジーッとこっちを見ている子供たちに野菜の山を渡して、トーラスの餌《えさ》やりを任せることにした。

食事の準備は冒険者たちも手伝っているので、もうすぐでき上がりそうだ。しかし、カミラたちの姿は見えず、どうしたのかとキャンピングカーを覗《のぞ》いてみたら、女性陣が集まって乳を揉《も》み合っていた。

「何やってんだ？」

「おじさんのエッチ！　急に覗《のぞ》かないでよ！」

「愛の言う通りですよ！　女の子しかいない場所にノックもなしに入るなんて、デリカシーないんですか！」

「いや、アリス、あのな？　その前に、これは俺の持ちものなんだけど」

愛とアリスに猛烈に怒られてしまう。そんなこと言われても、キャンピングカーは女性専用ってわけでもないいんだが。

「まだ服の上からだし、いいんじゃないの？」

「旦那様に見られるなら、わたくしは全然構いませんわ」

「そうだよ、あたいもダーリンに見られるなら構わないよ」

ビビ、カミラ、キャロはそう言って平然としているが、アリスは頬《ほお》を膨《ふく》らませている。

「でもアリスちゃんの言う通り、ミーツちゃんが悪いわね」

「てか、ダンク姐さんがいるじゃないか！　……あ、ダンク姐さんだから大丈夫なのか。もうすぐ食事ができ上がるから様子を見にきたんだが、みんなは食事はいらないようだな」

「いるよ、食べるよ、ごめんなさい！」

「ごめんなさい、でもおじさんも謝ってください」

愛とアリスが口々に言う。

「なんか納得できないが……分かったよ。悪かった」

「さすがミーツちゃんね、シオンちゃんだったら絶対謝らなかったはずだわ」

不本意ながらお互い謝り、少しして食事ができ上がったので、数人の見張りを立てて、みんなで食べはじめた。俺も胡座《あぐら》をかいて食べはじめると、孤児院ですっかり打ち解けた子供たちに囲まれて一緒に食べる形になった。シスターを見ると、こちらに向かって頭を下げている。

そうしてみんなで食事を取り、食べ終わったところで、一番俺に懐《なつ》いてるあの女の子が、別の同じくらいの年頃の女の子を連れて、俺の膝の上に乗っかってきた。

可愛《かわい》いからまあいいかと思い二人を撫《な》でてあげると、他の子たちも撫《な》でなきゃいけなくなり、結局、全ての子供を撫《な》でることとなる。そして、疲れた俺は、その場に横になった。

俺の周りにはたくさんの子供たちがいたが、疲れていた俺はそのまま寝てしまった。

第十六話

俺が目を覚ましたのは夜中だった。

外で寝ているのに少しも寒いと感じなくて、おかしいなと思ったが、その理由はすぐに分かった。

俺を囲むように数人の子供たちが寝ていたからだ。俺と子供たちにはかけ布団のような薄い布がかけられていたが、それで十分暖かかった。

起き上がろうと思ったところで、俺の膝に乗っていた女の子二人が、俺に抱きついて寝ていることに気づく。俺は二人を起こさないようにそっと身体を離そうとするも、女の子たちは無意識だろうが手を伸ばしてきて、再度俺に抱きついた。

仕方なく、眠ったままの二人を抱きかかえて、他の子供たちを起こさないようにその場を離れた。そしてそのまま、見張りがいるであろうところへ向かう。

俺のそばではカミラが見張りをしていて、小さな声で呼びかけた。

「カミラ、お疲れさん、見張りありがとうね。俺が交代するから寝ていいよ」

俺がそう言うと、カミラは首を横に振った。

「ありがとうございます。ですが、先程交代したばかりですので、大丈夫ですわ」

カミラがそう言うので、俺は彼女から離れ、他の見張りと交代しようと回ったのだが、誰も代わろうとはしなかった。

子供を抱っこしているからなのか、それとも俺が今回の依頼主だからか。

仕方ないのでさっき寝ていた場所に戻り、特に変わりないことを確認したのち、トーラスのところへ行ってみる。すると、御者台にダンク姐さんとシオンが、キャンピングカーの上にはモブらが、中では愛たちが寝ていた。

静かに御者台の方へ近づくと、俺の気配に気づいたのか、ダンク姐さんが目を開けたが、俺の姿を確認したらニコッと笑い目を閉じて、再び寝はじめた。

俺はすっかり眠気も飛んでしまったので、散歩と称して見回りをすることにした。

外で寝ている子供は、俺と一緒に寝ていた子たちだけで、それ以外はみんな世話役の人も含めて馬車の中で寝ているようだ。

あとは、見張り以外の冒険者が馬車の近くで火を囲んで寝ているくらいで、特別なことは何もない。

見回りはすぐに終わり、またやることがなくなった俺は、寝ていた場所へ戻ろうかと踵《きびす》を返した。

すると、抱っこしている二人が急に温かくなったと思った瞬間、腹部のあたりが濡れてきた。

二人ともお漏らしをしたのだ、焦《あせ》って子供を落としそうになったが、なんとか支えて事なきを得た。ドライヤーのような温風を想像して子供たちと俺の服を乾かして、今度は清潔にする想像魔法をかけて綺麗《きれい》にする。だがなんとなく身体が汚い気がして、俺は近くの川で、この世界に来て初めての風呂に入ることにした。

人目につかないところまでやってきて、アイテムボックスからローブを出し、抱っこしていた子供たちをその上にそっと寝かせた。

そしていよいよ行動を開始する。前から試そうと思いながらも実行できなかったことだ。

まず、川のすぐそばに魔法で大きめの穴を掘って、砂利や岩を敷き、簡易の湯船を作る。その湯船に川の水が入るように水路を作り、水が張ったのを確認したら水路を閉じて、今度は拳大の火の玉を作って放り込む。一個入れてはかき混ぜ、温度を上げていき、ほどよい温度になったら風呂の完成だ。

そんな作業をやっていると、女の子たちが起きて不思議そうな顔でこちらを見ていた。

「ししょー、なにやってるの？」

「ちちょー？」

「お風呂っていう、身体を綺麗《きれい》にするものを作ったから、これから入るんだよ？　一緒に入るかい？」

「「はいるー」」

「じゃあ、服を脱いで裸で入るんだよ。自分で脱げるかい？」

「ぬげるー」

「ぬげないー」

俺は二人の服を脱がしてやり、まず一人を湯船に浸からせると、少し深かったのか、頭までズッポリと浸かってしまう。焦《あせ》った俺は慌《あわ》てて湯船から上げたが、やはり泣き出してしまった。もう一人の子も、まだ浸かってないのにつられて泣き出した。

二人を風呂の横に下ろして、俺が一人で入り、想像魔法で段差を作ってから、改めて段差に乗せて浸からせる。すると泣きやみ、気持ちよさそうにキャッキャとはしゃぎはじめた。

俺は落ち着いて浸かりたかったが、仕方ない。今度は一人のときにゆっくりと浸かろうと思い、今回は諦《あきら》めた。

俺がほどよく気持ちよくなりはじめた頃、子供たちは真っ赤になってフラフラと頭を揺らしていた。のぼせたかと思い、二人を湯船から上げて魔法でタオルを出して拭《ふ》いてやり、服を着せる。魔法でミネラルウォーターを出し、二人に飲ませて様子を見ると、少し落ち着いたのか顔色が元に戻ったので、先程のローブの上に連れていき、座らせた。

俺は再度湯船に浸かって身体を温めながら子供たちの様子を見ると、二人とも眠ってしまっていた。俺も風呂から上がり、二人の隣に横になって上を見上げていたら、ダンク姐さんが俺を見下ろしていた。

「ダンク姐さん、いつからそこにいたんだい？」

「最初からよ。ミーツちゃんが面白そうなことやりはじめたから、ずっと見ていたの」

「声かけてくれたらよかったのに、ダンク姐さんもアレに入る？」

「その言葉を待っていたのよ！」

「じゃあ、今度は魔法で全てやるから、誰にも見られないように見張りだけお願いするよ」

「ええ、分かったわ」

ダンク姐さんが嬉しそうに頷《うなず》いて見張りを始めたので、俺は湯船の水を異空間に捨て、今度は想像魔法でお湯を出した。そしてダンク姐さんを呼んで温度を確認してもらうと、ダンク姐さんにとってはぬるかったみたいで、火の玉を入れて適温になるよう調節した。

ダンク姐さんのＯＫが出たので、俺もお湯に手を入れてみたら、かなり熱かった。多分、五十度くらいあるだろう。ダンク姐さんは熱いお湯が好みのようだ。

「こんな熱くて大丈夫なのかい？」

「ええ、大丈夫よ！　ありがとう、ミーツちゃん」

「じゃあ、寝てる子供たちを連れて向こうに行くね。ごゆっくり」

そう言って二人の子を抱きかかえて去ろうとしたが、ダンク姐さんにタオルを渡すのを忘れていたことを思い出して、魔法で出したバスタオルを渡した。

「凄《すご》くフワフワしてるわね。これもミーツちゃんの世界のものなの？」

「そうだよ、そのお風呂から出たら身体を拭《ふ》いたらいいよ」

「ありがとね」

今度こそその場から離れ、最初に寝ていた場所に戻ると、子供たちの寝相でぐちゃぐちゃになっていて同じ位置では眠れない。俺は子供たちから少し離れた場所に横になることにした。

第十七話

次に目を覚ましたときには朝になっており、近くで寝ていた子供たちは既に起きて、食事も済ませ、出発の準備を始めていた。

俺は慌《あわ》てて飛び起き、俺の近くにいたキャロに、なんで起こさなかったのかと尋《たず》ねた。

「だって、ダーリンが気持ちよさそうに眠っていたから、起こすのは悪いと思ったんだ。そもそも依頼人である前に冒険者であるなら、野営のときはいつ何があってもいいように浅く眠るのが常識だよ」

「クッ、確かにそれを言われると何も言い返せない」

悔しいが彼女の言う通りだと思い、俺は急いで立ち上がる。キャンピングカーへと向かい、御者台にいたシオンにトーラスは食事はしたかと聞いた。

「昨日お前が出した野菜の残りを、勝手にボリボリ食ってたぞ」

「そっか、ありがとう」

残りということは、そこまで量はなかったかもしれない。足りなかったのではないかと思って想像魔法でキャベツを出したら、すぐさま舌を出して、俺の手から奪って食べはじめた。俺が追加でキャベツをいくつか出してやると、喜んでむしゃぶりつくようにバリバリと食べた。

トーラスが食べている間に俺も何か口にしようと竈《かまど》の方に行くも、もう食材も料理もないと言われてしまう。

あと片づけをしていた冒険者や世話役の人が申し訳なさそうにしていたが、俺は大丈夫だと言い、マジックバッグから出すふりをして、想像魔法でパンを出した。それを見た世話役と冒険者はホッとして、片づけを再開した。

竈《かまど》は潰《つぶ》そうかと思ったが、今後もここで野営をする冒険者はいるだろうと考え、潰《つぶ》すのはやめておいた。やがて、それぞれの馬車や冒険者たちの準備が整い、トーラスの食事も終わったところで出発することにした。

ここからしばらくは森は見えないし、地図にもそれらしいところはないようだから、最初と同様に、先頭がトーラスでその後ろに馬車三列が並んで行くことにした。先頭付近にはキャロや愛たちを配置する。

キャンピングカーに向かうと、昨夜の女の子二人がトトトッと駆け寄ってきて、俺の足に抱きつきジッと見上げてくる。俺は仕方なく抱き上げて、この子たちが乗っていた馬車へ行き、今日は俺の方に乗せることを伝えた。再度キャンピングカーに戻って御者台に座ると、隣に身綺麗《みぎれい》になったダンク姐さんが乗ってきた。

「ダンク姐さん、今日もよろしくね。昨日のアレ、気持ちよかったでしょ？」

「そうね。今度はシオンちゃんも入れてあげたいわね」

そうダンク姐さんと話していると、後ろで会話を聞いていたシオンが「何がだ？」と聞いてきた。

「風呂だよ。身体を綺麗《きれい》にするためにお湯に浸かるんだ」

「あー、聞いたことあるな。俺たちの国にはないが、他所《よそ》の国にはあるらしいぞ」

「そうなのか。てっきりこの世界にはないもんだと思ってたよ。昨日川のそばで、穴を掘って作ったんだ。今度シオンも入らせてやるよ」

「俺はあまり興味がないが、機会があったら入らせてもらおうか」

「絶対入った方がいいわよ！　シオンちゃん！　シオンちゃんは少し臭うしね」

「俺だけじゃなかったんだ！　シオンが臭うと思ってるの」

「そうか？　普通だと思うが」

シオンはそう言いながら、自分自身の服や腕を嗅《か》いでいる。今すぐ風呂に入れてあげることはできないけれど、清潔にする魔法を使って綺麗《きれい》にしてやった。

そんなことをしつつ進んでいく。今日は魔物もあまり出ないようだ。

二人の女の子も最初ははしゃいでいたが、じきに暇になったのか、コクリコクリと船を漕《こ》ぎ出したので、車の中に入れベッドに寝かせる。シオンに、起きたら適当に遊んでやってほしいと頼んでから、御者台に戻った。

平和なのはいいことだが、確かに暇だ。時折現れるゴブリンを護衛の冒険者がすぐさま退治していくのを見て、他の冒険者も暇なんだろうなと思いながら、事前に渡された地図を見つつ進んでいく。

ダンク姐さんにあとどのくらいで着きそうかと聞いてみたところ、この調子で進むと、あと二日はかかるそうだ。やはり、馬車と冒険者の多さで、野営や出発の準備が遅れて、三日では着きそうにない。仕方ないことだと割り切って、時折休憩《きゅうけい》を挟み、ひたすら川に沿って荒野を進んだ。

そうして何事もないまま夕方近くになったので、適当な場所を見つけ、野営の準備に取りかかることにした。

昨日と同じくみんなが到着する前に竈《かまど》を作り、そのそばに食材をたくさん並べておいた。明日の朝の分まで並べたあと、今日の様子についてロイスと賢に聞くと、今日は昨日以上に暇だったとのことだった。ひとまず何事もなかったことに安堵《あんど》する。

トーラスに餌《えさ》をあげたし、俺も子供たちと一緒に食事を終えたし、やることは終わったかなと思い、適当にあたりを見渡す。するとダンク姐さんがやってきて、今日も風呂に入りたいと言った。

二人で人目につかない場所に移動し、昨日と同じように風呂を作りはじめた。しかし今度は愛とアリスに見つかってしまい、愛たち用も作る羽目になってしまった。

湯船を二つ作り、ゆっくりと入れるように脱衣所と仕切りの壁を岩で作ると、彼女らは喜んだが、石鹸《せっけん》やシャンプーがないと言い出した。

石鹸《せっけん》は出せるけど、さすがにシャンプーはまだ出せない。そう言ったところ、アリスが自分で作るから材料を出してほしいと言ってきた。

言われるままに色々出したら、俺にはよく分からない手順でシャンプーを作りはじめた。せっかくなので作り方を教えてもらう。

でき上がったのは炭のシャンプーと黒糖のシャンプー、蜂蜜のシャンプーだった。

どうして一高校生がこんなのを作れるんだろうか。

「なんで作れるんだ？」

「学校の授業で習ったんです。それを、友達の家で実際に作れるか試したことがあるんで、覚えてました。この配合で大丈夫なはずです」

アリスは自信満々に答える。

「凄《すご》いな、今時の高校生はこんなものも作れるのか」

「アリスと、その周りにいた実験が好きな子たちだけだよ。普通は作れないからね」

「アリス、そうなのかい？」

「愛も習って一緒に作ったはずなんだけど」

「そうだっけ？　へへ、忘れてた」

「愛らしいな。アリス、作り方を教えてくれてありがとうな。これで成分も作り方も分かったから、今度はでき上がったものを出せると思う」

「そんなことできるんですか？」

俺は想像魔法を使い、今作ったシャンプーをボトルに入った状態で想像してみる。すると、よくあるシャンプーボトルが出てきた。中身を確かめるために数回プッシュして手に取り泡立ててみると、アリスが作ったシャンプーと同じもののようで安心した。だが、アリスは怒ったように迫ってきた。

「おじさんの魔法はなんでもアリですか！　せっかく材料から分量まで色々教えたのに、魔法一つで作っちゃうなんてずるいです！」

「そんなことを言われてもね。今作ったシャンプーを、昨日あげたマジックバッグに一年分くらい入れてあげるから、許してくれないか？」

「全然いいよ！　ね、アリス？」

「愛が勝手に決めるのはどうかと思うけど……おじさんの魔法にはまだ納得いきませんが、それでいいですよ」

「俺はキャンピングカーにいるから、後でどれをどれだけ出せばいいか言いなよ。王都に帰ったらメリッサさんにも売るといい」

「「メリッサさんって誰？」」

「あ、まだ知らないんだったか。帰ったらグレンさんに聞いてみなよ、俺からはそれしか言えないや」

それだけ言ってその場を離れ、キャンピングカーに乗り込むと、後を追うようにキャロとカミラが乗り込んでくる。少しウンザリしたが、何か用かと尋《たず》ねた。

「昨夜から旦那様はコソコソと何かなさっているようですが、何をされているんでしょうか？」

「あたいも知りたいねえ。カミラから、ダーリンが何やら川の方でコソコソとやってるって聞いて、問い詰めに来たんだ」

「コソコソとなんて……ああ、アレのことか」

俺が風呂を作っていたことを言っているんだと気づき、後でアリスたちが戻ってきたときにでも説明しようと思って、少し待ってもらうことにした。

そして小一時間が経ち、ダンク姐さんとアリスたちが揃ってホクホクした様子で、キャンピングカーに入ってきた。

「おじさん、気持ちよかったよ！」

「この依頼の間、また入れてくれますか？」

愛とアリスが笑顔で俺に言ってくる。

「『気持ちよかった？　入れる？』」

それを聞いたカミラとキャロは声を揃えて叫《さけ》んだ。

「旦那様、この子たちに何をしたんですか！　いかがわしいことをこの子たちにやったんですか⁉」

「あたいらのことは放っておいて、こんな子どもに手を出すのかい？」

二人は何やら大きな勘違《かんちが》いをしているようだ。そもそも愛たちの感想も、それを助長するような言い方だったけど。

俺が説明しようとする前に、今度はダンク姐さんが口を開いた。

「あなたたち、何か勘違《かんちが》いしているわよ？　ミーツちゃんの出したものでこの子たちもあたしも、明日からまたやる気が出るくらい気持ちよくしてもらっただけよ？　あー、身体がポカポカしちゃったわ。あたしは先に寝かせてもらうわね」

ダンク姐さんの言い方のせいで、勘違《かんちが》いの上乗せだ。ダンク姐さんが御者台に移動した途端、カミラとキャロが俺の胸ぐらに掴みかかってきた。

「この子たちだけじゃなく、男性にも手を出したんですか‼」

「ダーリンはゴブリンと一緒なのかい？　いや、ゴブリンより悪いな！」

「落ち着いて話を聞けー！　まず、勘違《かんちが》いしているようだから言うが、俺は手を出したんじゃなくて、あるものを作ったんだよ。俺が作ったものに、この子らとダンク姐さんは入ったんだ。もう、説明が面倒だから直接見せた方が早いな！　二人とも来い！　アリスたちはアレの件は後で出してやるから、こっちには来るなよ！　絶対にまた面倒なことになるから」

俺はカミラとキャロを川の方に連れていき、風呂を見せた。

「これはなんだい、大きい穴だね。それに、なぜかお湯が入ってるな」

「キャロ、違うぞ？　これは風呂というんだ。俺が育った世、いや、国ではほとんどの人が毎日入っている。これにお湯を張って裸で入るのが気持ちいいんだ。姐さんとあの子たちが気持ちよかったって言っていたのも、身体がポカポカしたって言ったのも、コレに入ったからだ。お前たちも入ってみなよ、俺がお湯を張り直してやるから」

「あたいは初めて見るから入り方が分からない。ダーリンも一緒に入るんだろ？」

「わたくしも、聞いたことがあるだけですわ。とある国には、お湯に浸かる習慣があるのだとか。でも知ってるのはそれだけで、入り方は分かりませんわ」

「付き合ってもない女性となんて入れるかよ！　性欲はまだ枯れてないし、お前たちの裸にも興味はあるが、まだ早い！　そういうことは、きちんと段階を踏んで行うものだと思ってる。全く風俗じゃないんだから」

「風俗？　それってなんなんだい？　ダーリンってたまに変わった言葉を使うね？　でも、あたいを女性扱いしてくれるなんて嬉しいねえ」

「わたくしは旦那様になら全部見られても構わないのですが、旦那様がダメだと言うなら従いますわ。それに、わたくしたちには興味がないとばかり思っていましたが、女性として興味を持ってもらえていることに安心しましたわ」

キャロとカミラの言うことをあえて無視して、俺はぬるくなった湯をマジックバッグに入れるふりをして異空間に捨てた。湯船の底も少しヌメッていたから、清潔になる魔法を使い綺麗《きれい》にして、川の水を湯船に流し込む。一杯になったら流れをせき止め、火の玉をいくつか入れて、湯加減を確かめた。

手を入れて確認したところ、少し熱く感じる程度だ。これで大丈夫だろうと判断して、彼女らに入るように勧めた。

「あたいらはここで裸になってもいいのかい？」

「早まるな！　ここは身体を洗うところだ！　脱衣所は今入ってきた岩のあたりだ。俺が出ていってから入るんだぞ？　一応、石鹸《せっけん》とシャンプーを置いておくから、好きに使いな」

そう言って使い方を教え、桶《おけ》も一つ置いて急いで出ていく。姐さんが入ったもう一つの方の風呂に入ろうと向かったら、結構ぬるいはずの風呂にシオンが浸かっていた。

「ダンクに言われた通り裸で浸かってるが、全然気持ちよくないな。これなら、川で水浴びした方がマシだ」

「それは湯がぬるいからだよ。温め直すから、一度出てもらえるかい？」

俺はシオンを湯船から出して、先程と同じように火の玉を入れて温度を調節する。お湯が少し蒸発《じょうはつ》したら水を注ぎ足し、シオンにも手を入れさせて湯加減を確認してもらうと、ダンク姐さんと同じく熱めが好みなのか、火傷《やけど》しそうなくらいまで熱くした。

ついでに、カモミールの葉を想像魔法で出して、布に包んで湯の中に入れた。

確か、どこかの温泉でそういうことをやっていたなと、ふと思い出したのだ。

シオンにもシャンプーと石鹸《せっけん》を出して、使い方を教えて入ってもらった。

「あーー、凄《すご》いなこれ、湯に浸かるだけでこんなに気持ちいいのか！」

「俺の魔法でも身体を綺麗《きれい》にすることはできるけど、お風呂に入ると気持ちもリフレッシュできるからね。その石鹸《せっけん》とシャンプーを使いなよ。桶《おけ》とタオルも置いておくから、終わったらそれらをキャンピングカーに持ってきて」

「あ～、分かった～」

ぼんやりした返事に本当に分かったのかと問いたかったが、あまりに気持ちよさそうにしているシオンにこれ以上話しかけるのは野暮《やぼ》だと思い、そのまま風呂を出た。

風呂騒動で、なんだか精神的に疲れた。トーラスと戯《たわむ》れてこの疲れを癒《いや》そうとキャンピングカーに向かったが、子供たちにトーラスを占領されていて近寄れなかった。しかし楽しそうにしている子供たちを眺めることで癒《いや》されたので、結果オーライというところだろう。

第十八話

子供たちの可愛《かわい》い姿で癒《いや》された後、みんなを寝床に連れていく。そして車に戻ると、愛とアリスが膨《ふく》れっ面《つら》で待っていた。

完全に彼女らのことを忘れていた。悪いことをしたと思い、素直に謝ったが愛もアリスもほっぺを膨《ふく》らませたままだ。なんとなく指でほっぺを押したら、口の中の空気がブヒューと出て、さらに怒られてしまった。

「大の大人のやることじゃないですよね？　何やっているんですか！」

「そうだよ！　こっちには来るなって言うから大人しくアリスと待ってたのに、何で子供と遊んでるの？」

「悪かったよ。お詫《わ》びにコーヒー牛乳を出してやるからな？」

そう言って瓶のコーヒー牛乳を二本、想像魔法で出した。

「私はコーヒー牛乳より、フルーツ牛乳の方が嬉しいです」

「じゃあ私、ラムネがいいな。おじさん、ラムネは無理？」

「多分出せると思う。悪いと思ったから特別に出すんだぞ？　普段から飲めると思うなよ？」

そう言って、再度想像魔法によりラムネとフルーツ牛乳を出すと、二人が目をキラキラさせる。

「飲んでいい？　いいよね？」

「やっぱりこんなに簡単に出せるなんてズルイです」

「飲んでいいよ。簡単簡単と言うが、俺の想像力と魔力が必要だから、そこまで簡単じゃないんだよ？　とりあえず飲んでみてくれ。ちゃんと想像できたか不安だからね」

「ラムネの瓶の中に綺麗《きれい》なビー玉が入ってるやつ出すなんて、おじさん分かってるねー」

愛はラムネの蓋についている玉押しを使ってビー玉を中に落とし、プシュッカランという音に喜んでいた。

「……普通に美味《おい》しいです」

アリスもまだ納得できない顔をしながらも、飲んでニヤケているから、少しは機嫌が直ったと思っていいだろう。

「今、マジックバッグはどっちが持っているんだい？」

「私が持ってます。砂糖とか色々入ったバッグは愛が持ってます」

「じゃあ、アリス、バッグを貸しな。中にシャンプーと石鹸《せっけん》を百個ほどずつ入れるからさ」

「でも、お風呂なんて、おじさんの想像魔法じゃないと作れないんじゃないんですか？」

「そもそも魔法で水や温水を出せるし、土魔法で土の風呂釜を作ってしまえばいいじゃないか」

「確かに、言われてみればそうですね。おじさんは何でそんなことを知っているんですか？」

「漫画と小説の知識だよ」

「おじさんも漫画とか読んでたの？」

「ああ、好きだったよ、漫画とラノベはな。だけど、残念ながら知識チートができるような知識は持ってない。想像魔法がなかったら、俺はここにいなかっただろうな。まだ底辺な生活をしていたと思うし、愛たちと会っても自分自身の生活でいっぱいいっぱいで、何の支援もしてあげられなかったと思う」

「そう考えると、おじさんがその魔法を使えるのは、私たちにとってもラッキーだったよね」

「確かに、おじさんに支援してもらったりレベリングってやつをしてもらったりしたから大分助かりました。ごめんなさい、ずるいとか言って。おじさんは城から追放されて辛《つら》い思いしていた時期があったのに忘れてました」

「いいさ、アリス。確かにズルイ魔法だと思うからな。スキルもこの魔法以外にも、ズルイと思われるようなものがあるしね。言うとズルイとまた言われるからやめとくが」

「気になりますけど、私も聞きません」

「私はズルイとか言わないから、コッソリ見せて？」

「いや、愛はやめといた方がいいだろうな」

「なんでよ！　いいじゃない」

「私もやめた方がいいに賛成です。愛は無自覚に言いそうですから」

「よかった、アリスも俺と同じ考えのようで」

彼女たちと話をしていると、シオンが車に乗り込み、桶《おけ》に入ったシャンプーと石鹸《せっけん》を渡してきた。

「ダンクが言ったことの意味が分かったぞ。アレはいいものだな」

「シオンさん、何かいい香りがする」

「本当！　何かハーブ的なものですか？」

「湯に入るとき、こいつが何やら薬草みたいなものを布に包んで湯の中に入れたんだ。そこにさっきまで浸かっていたから匂《にお》いがついたんだろうな」

「匂《にお》いもだけど気持ちよかったろ？」

「ああ、少し涼んでから寝るとするかな」

「ああ、シオン、風呂上がりなら、コレを飲みなよ」

そう言って、先程出したコーヒー牛乳を渡した。

シオンは受け取ったコーヒー牛乳をグビグビと一気に飲んでしまった。

「この容れものもそうだが、またお前が出したやつか？　お前の魔法の存在を知らないやつにこういったものを出すときは、樽や木のコップや、回復薬とかが入ってるような容れものに入れて出すとかした方がいいぞ」

不用意に渡してしまったから、てっきりまたカミナリが落ちると思ったのに、アドバイスをしてくれた。

きっと、風呂に入って気分がいいからだろう。なぜならば、車に乗り込んできたときから顔が緩《ゆる》みきっていたからだ。

「ありがとう、次から気をつけるよ。昨夜と同じところで寝るなら、ダンク姐さんにもコーヒー牛乳を持っていってあげて」

そう言って残りの一本を渡した。

だが、すぐに今度はダンク姐さんがやってきた。

「ミーツちゃん！　シオンちゃんの髪や身体からいい香りがするんだけど、何したの！」

「シオンには、髪や身体を洗うための道具を渡したんだよ。ついでに言うなら、風呂の中にリラックス効果があるハーブを入れたんだ。明日でもいいなら、姐さんも使う？　それとも、これからまた入り直す？」

「まだお風呂に入れるなら今から入るわ！　行きましょ、ミーツちゃん！」

ダンク姐さんに腕を掴まれて、強引に外に連れ出された。連れ出されるときに愛たちには、今日はまだ車を使うから他所《よそ》で寝てくれと言い残す。こう言っておけば、今日俺が車内で寝られるだろう。そのまま風呂まで、引きずられるように高速で連れていかれてしまった。

風呂では、アリスたちにしたみたいに脱衣所や洗い場を作り、お湯も入れ直す。さらにシオンにしたようにカモミールを入れて、シャンプーと石鹸《せっけん》入りの桶《おけ》を渡したあと使い方を教えて、ようやく離れることができた。

疲れた俺は車に戻って椅子に座る。何か忘れているような気がしたものの、大したことではないだろうと思い、そのまま寝ることにした。

第十九話

椅子に座ってまどろんでいると、今度はキャロとカミラが風呂上がりのホクホクした様子でやってきた。興奮した二人に起こされる。

「ダーリン、なに寝ているんだい！　あれは素晴らしいじゃないのさ」

「ですわ！　キャロさんの言う通り素晴らしかったですわ！　髪を洗うためのこのトロトロしたものとか何ですの？　身体の汚れも綺麗《きれい》に取れて、いい香りがしますが、コレも何ですの？」

キャロは興奮して喋《しゃべ》るだけだが、カミラは俺の肩を掴んでグラグラ揺らしてくる。

「待て待て、まず落ち着け！　まずはキャロ、アレは俺が育った国の文化だ。一日の終わりにアレに入ってグッスリと寝るか、一日の始まりにアレに入ってやる気を出して頑張《がんば》るかの二通り、あるいは両方する者もいるんだ。次にカミラ、これについても俺の国のものだ。頭を洗うのはシャンプー、身体を洗うのは石鹸《せっけん》というんだ。香りについてはこの石鹸《せっけん》とシャンプーの中に入っている成分の効果だ。説明してあげてるんだから、カミラ！　揺らすのはやめてくれ」

ずっと、揺らされ続けて、少し具合が悪くなってしまった。

「あ、申し訳ございませんでしたわ。少しばかり興奮してしまいましたわ」

「少しじゃないだろ！　キャロもカミラも！　気持ちよかったなら、もういいだろ？　寝かせてくれ。あの子たちの気持ちよかったとかの言葉の意味が理解できたろ？」

「ああ、分かったよ。でもアレについてはまだまだ聞きたいことがあるんだ。子供じゃないんだ、まだ寝かさないよ！」

説明しないままの方がよかったかもと考えてると、今度はカミラも参戦してきた。

「その通りですわ！　ただ、旦那様はまだ入られてないようですから、これから入られてはいかが

ですか？　わたくしは待ってますよ？」

「いや、明日の早朝にでも入るよ。お前たちも寝ろよ？　今日はまだ見張りの交代とかあるだろ？」

「見張りは仲間がやってくれることになってますわ」

「ウチもそうだよ」

「えーと、じゃあ、俺はまた子供たちと添い寝しに行かないといけないんで、そろそろ失礼しようかな」

「子供たちはもう既に馬車の中で寝てましたわ」

「ダーリンの入る隙間《すきま》はなかったよ」

カミラとキャロがどんどん退路を断っていく。この場から離れるため、仕方なく風呂に入りに行くことにした。

「分かった。なら俺は風呂に入ってくるが、絶対についてくるなよ？　ついてきたら、もう二度とアレには入れないと思えよ」

俺はそう言うと彼女らは頷《うなず》いたが、絶対ついてくるなという言葉に疑わしげな眼差《まなざ》しを向けてくる。

それを無視してその場を離れると、彼女らが入った風呂には向かわずに、別のところに新しく風呂を作った。

周りに人がいないことを確認して風呂を準備したあと、出入口がない壁を作る。おかげで、誰にも邪魔されずに、ゆっくりと風呂を楽しむことができた。

そろそろ湯船から上がろうかと考えていたら、壁を叩《たた》く音が聞こえてきた。

俺は壁を壊されないように内側に追加で厚めの壁を作り、音を立てないように素早く身体を拭《ふ》く。

そして服を着ると、壁を叩《たた》いているのが誰なのかを確認するために、ジャンプして壁の上に立った。

見下ろすと、そこには賢の仲間のダニエルがいた。

一人だけなのを確認したあと、そのまま気づかれないように地面に降り立ち、ダニエルの背後から声をかけた。

「どうしたんだ？」

「あ、ミーツさん、いや先程ここに来たときはこんなのなかったのに、何だろうと思って叩《たた》いてみたんです」

「あー、そう言えばそうだな。俺が風呂に入ってたんだ」

俺はそう言い、壁を殴《なぐ》り壊した。

ダニエルはなぜか驚いている。

「あの、ミーツさん？　さっき俺がコレを叩《たた》いたときは壁が分厚いのか、少しも壊れなかったんですけど……今のって魔法使ったんですか？」

「いや、普通に物理的に殴《なぐ》って壊したんだけど、何かおかしいのかい？」

「普通に殴《なぐ》ったって……ミーツさんのステータスっておそらく、とんでもないことになっているんでしょうね」

「そうなのかな？　とりあえずレベルが五十になるまでは見ないって、自分自身で決めているから、ＭＰ以外は全くステータスを知らない状態なんだ」

「そうなんですね。それにしても風呂って……よくこんな立派なもの作れましたね？　土魔法ですか？」

「ああ、土魔法だ。土と火と水を使って風呂を作り、さっきまでゆっくりと浸かってた」

俺は想像魔法のことは伏せて、普通の魔法を使ったと嘘をついた。

「もしかして、俺が来たから急いで上がられたんですか？　だとしたら、すみません」

「いや、もう上がろうかと思っていたから、全然構わないよ」

「しかし、野外なのに立派なもの作りましたね」

「入るならお湯入れて温めるけど、どうする？」

「もし、俺が入らなかったら壊すんですか？　それとも、このまま放置するんですか？」

「放置だな。わざわざ壊さなくてもいいだろ」

「だったら、久しぶりに仲間も誘って、後で入るかもしれないんで、そのままにしていてください。お湯は自分でなんとかします」

「ああ、分かった。じゃあ、俺は行くから後は好きに使ってくれ」

そう言って行こうと思ったところで、思い直して足を止めた。石鹸《せっけん》とシャンプーをマジックバッグから取り出すふりをしながら想像魔法で出して、布に包んで手渡す。

詳しい説明はしない。行弘賢のパーティ『天性』は、『てんせい』という読み方通り、日本からの転生者や転移者、そしてその子孫がメンバーだからだ。この旅の途中でその話を聞き、びっくりした。その際、俺も日本から来たことを伝えたが、賢たちは勘《かん》づいていた。どうも、彼らは転生者や転移者がわかるようだ。パーティ名に『転移』が含まれていないのが気になるが、機会があれば聞いてみよう。

「石鹸《せっけん》は作られたんだと思いますけど、このシャンプーはどうされたんですか？　こちらの国ではないもののはずですけど」

「俺と一緒に転移してきた高校生の子が作れたから、作ってもらったんだ」

本当は作ってもらったものを魔法で再度出したんだけど、嘘は言ってないし大丈夫だろう。

それに、ダニエルの口ぶりからすると、彼らの故郷には当たり前に存在するのだろうか。

「そうなんですね。俺たちの国では普通にありますけど、この世界で生まれたものでないため、国外に出すことは禁じられてるんです。誰かが流出させたのかと、少し怪しんでしまいました。すみません」

「いや、いいよ。もし狭いと感じるなら、湯船だけでも大きくしようか？」

「いいえ、大丈夫です。ありがとうございます」

手をあげてダニエルと別れ、そのまま車に戻ると、カミラとキャロが外で俺の帰りを待っていた。

「ダーリン、遅かったようだけど、本当に入ってきたのかい？」

「ああ、入ってきたよ。髪や身体は拭《ふ》いてきたから濡れてないものの、石鹸《せっけん》やシャンプーの香りがするはずだよ？」

俺がそう言うと、カミラが顔を近づけて、俺の頭や身体のにおいを嗅《か》ぎ出した。

「カミラ！　近づきすぎだよ！　あたいも嗅《か》ぐんだから、ダーリンに抱きつくんじゃないよ！」

キャロもカミラ同様に俺を嗅《か》ぎ出す。俺はもういいだろと二人を引き剥《は》がし、もう寝ていいかと尋《たず》ねた。

「同衾《どうきん》はしてもらえないのですの？」

「カミラと同じく、あたいもダーリンにお願いしたいんだけど、ダメなのかい？」

「同衾《どうきん》？　そんなのするかよ。ダメだ！　まだ護衛中だし、俺以外を好きになってほしいってのが俺の希望だからね。言ってなかったけど、この護衛が終わり次第、俺は王都には戻らず、仲間と一緒に他国に向かう予定だ。俺自身まだ結婚ができる状況じゃないのに、女性に手は出せない」

「旦那様は他国に行かれるんですか？　わたくしは連れていってもらえないのですか？」

「カミラには仲間がいるだろう？　リーダーのお前が抜けたら、パーティが成立しないんじゃないのか？」

俺の指摘に、カミラが言葉に詰まる。

「あたいはこの護衛任務が始まる前にリーダーをやめたんだ。ダーリンにいつでもついていけるようにね。だから抜けても大丈夫だと思うけど、カミラは無理だろうね」

キャロが勝ち誇ったように言う。

「抜けるにしても抜けないにしても、任務が終わったら、この馬車を王都のギルマスのグレンさんのもとへ届けてほしいんだがな。その後でなら、俺を追いかけるのも、別にいい人を見つけるのも、好きにしたらいい」

「他国とは、具体的にどこのことでしょうか？」

気を取り直したらしきカミラが問う。

「それは分からない。地図はダンク姐さんが持ってるから、明日以降にでもダンク姐さんに聞いてみるといい」

「分かりましたわ。では旦那様が向かう国が分かったら、必ず追いかけますわ」

「あたいは連れていってもらえるんだろ？　パーティは抜けても大丈夫だと思うしな」

「キャロ、聞いてなかったのか？　この大量の馬車を王都に持っていってほしいと言ったのを！

嫌なら、どちらにしても連れてはいけないな」

「悪かったよダーリン、そんなに怒らないでくれよ。分かったよ、あたいもカミラと同じように後で追いかけるよ」

「ああ、好きにしたらいいよ。――お前たちにも一つだけ俺の秘密を教えてやるが、誰にも言うなよ」

「言わないさ！　ダーリンの秘密が聞けるなら、死ぬまで誰にも言わないさね」

「わたくしもですわ！　仲間にも言いませんわ」

「俺はこの世界の住人じゃないんだ。こちらの住人が勇者召喚したときにそれに巻き込まれただけの一般市民だ。元の世界には帰りたいとは思わないけど、突然強制的に戻される可能性はある。そういった事情から、こちらの世界の女性にはなるべく手を出さないつもりでいるんだ」

「旦那様は、わたくしたちと違うところが多く見受けられましたので、なんとなくですが、遠い場所から来たのだろうとは思ってましたわ。まさか、違う世界とは思いませんでしたけれど。でもわたくしは、旦那様についていきたいので、必ず追いかけますわ」

カミラが言い切った。

「そうなのかい？　でも、今はこの世界の住人なんだから、変わらないのじゃないのかい？　あたいは何も気にしないよ？」

キャロも気楽に言うが、きっと本心だろう。俺は少し嬉しくなってしまった。

「くふふ、あははは、お前たちは凄《すご》いな！　まあ、どちらにしてもよく考えて行動してくれ。俺はもう眠たいから寝るが、同衾《どうきん》も添い寝もしないからな。じゃあお休み」

俺はそう彼女らに言うと、キャンピングカーに乗り込み、ベッドに横になる。スマホを取り出すと、時間は午前一時を過ぎていたので、目を瞑《つむ》りそのまま眠ることにした。

第二十話

今日で三日目だ。今日はどこまで行けるんだろうか。俺は昨夜と同じく自分の魔法で出した食事を食べ、トーラスにも野菜を与える。みんなが野営した場所に行くと、ちょうど食事中だった。

俺が出した食材で足りたかを聞くと、充分だったようだ。食事を終わらせた者から出発準備をしていたので、その手伝いをしに行った。

俺がしゃがんでいたら、時々子供が抱きついてきたが、他に邪魔は入らなかったため、みんなが食べ終わる頃には、だいたい準備が終わっていた。

そのときには俺に抱きついた子供は十人くらいになっていた。よくこんなにくっつけるものだな。

シスターや他の冒険者たちは、そんな俺を微笑《ほほえ》ましげに見ていた。

そして、シスターは出発の準備を終えると、俺から子供たちを剥《は》がしてくれる。ところが、なぜか昨日ずっと一緒にいた女の子二人と、幼児を二人残し、ニッコリと笑ってどこかに行ってしまった。

仕方なく四人の子供たちを連れてトーラスが引くキャンピングカーに乗り込み、出発することにした。

何もない荒野をさらに進むと、山なのか丘なのか、周囲とは違う傾斜のついたところが見えてきた。

俺は姐さんに、アレを越えるのかを聞いた。

「ええ、アレを越えるわよ。あの丘を越えてさらに一日進むと着くはずよ」

「アレを越えてもまだ着かないのか。なかなか長いな」

「そうね、普通なら昨日の時点であの丘を越えなきゃいけなかったんだけど、移動人数も多いし、思うようにはいかないわね」

「アレを越える前に休憩《きゅうけい》を挟んだ方がいいかな?」

「いいや、そのまま行った方がいいぞ。盗賊や魔物を警戒するなら、俺やお前が先行しよう。そのあとで、トーラスや馬車、そしてそれらを護衛する冒険者どもがついてくる形がいいんじゃないか？」

俺とダンク姐さんが話していると、後ろからシオンが提案してきた。

「ダンク姐さんはどう思う？　シオンの提案に乗った方がいい？　それとも、このままの長蛇の列で行った方がいいかな？」

「そうね、魔物はともかく、盗賊は面倒だから、先行してくれた方がいいかもしれないわね」

「なら、トーラスは後でダンク姐さんが引いてくる形で、シオンはトーラスとダンク姐さんの護衛をして。俺が馬車を一台先に走らせていくのがいいかな？　馬車の中には綺麗《きれい》どころのカミラとその仲間、それと子供に見える愛を乗せるかな。盗賊をおびき寄せられるだろ」

「いいと思うけど、ミーツちゃん、それをそのままあの子たちに言っちゃダメよ？」

姐さんが言わんとする意味が分からなかったが、一応手をあげて返事をした。

そして、御者役を姐さんに任せて、俺は後方に行き、馬車を一台借りると、愛とカミラに声をかける。

だが、姐さんに注意されていたのをあっさり忘れて、先ほど言ったことをそのまま伝えてしまう。

「何であたいじゃダメなんだい！」

「私が子供に見えるからってひどくない？」

キャロは俺の胸元を掴みグラグラ揺らすし、愛は俺の耳元で大声でがなり立てる。

姐さんがそのまま言うなって言っていたのは、こういう反応を想定してのことだったのかと、今更ながらに思ってしまった。

必死に宥《なだ》めつつカミラとその仲間を見ると、いつもみたいに顔を赤くしている。どうやら怒ってるようだ。こちらも宥《なだ》めてきちんと説明すると、分かってもらえたのか、カミラがニッコリと笑い、俺が連れてきた馬車に乗り込んだ。

よかった、機嫌が直ったみたいだ。一方キャロはまだ納得できてない様子だったが、「護衛の依頼だぞ！」と強く言うと、シュンとしてトボトボ後方に向かった。

言いすぎたと思ったが、仕方ないことだ。そこに、やり取りを見ていたモブも参戦してきた。

「子供に見立てるなら愛さんだけじゃなく、ポケも連れていってください。子供一人だけより、二人いる風に見せた方がいいですよね？」

俺はモブの提案を受け入れ、ポケと愛、それにカミラと仲間を馬車に乗せる。そして馬車を覆っていた幌《ほろ》を外して、丘に向けて出発した。

第二十一話

カミラたちとともに先行した結果、早々にゴブリン数匹と遭遇《そうぐう》したが、俺だけであっさりと蹴散らした。

護衛役は俺だけだ。俺は一見、弱そうに見えるため、盗賊がいたときに釣るのには最適だろうということで決めたが、本当に俺一人で大丈夫だろうか。

丘の上に着くと、目の前に、いかにもこれから襲いますといった表情の連中がニヤニヤした顔でいた。

なんで、こんな何もない丘にこれだけの盗賊がいるのだろう。近くに拠点となるような村や町でもあるのだろうか。そんなことを考えていたら、盗賊の下っ端だろうか、一人が出てきて話しかけてきた。

「綺麗《きれい》どころと子供を連れてどこ行くんだ？　護衛におっさん一人なんて、バカなのか？」

「ギャハハ、そう言うなよ！　そのおかげで、俺たちは女にありつけるんだからな」

弱そうでホッとした。俺は刀を取り出し構えたが、腹の出たおっさんが構えたところで、ただの虚勢にしか見えなかったようだ。盗賊たちは笑いながら俺に攻撃してきた。

ポケとカミラも動こうとしたが、俺は手を横に出して制する。

そして、戦っても馬車に被害が出ないよう数歩前に出て距離を取ると、盗賊たちの振りかぶる攻撃を紙一重で避け、腹にパンチを一発ずつ入れて倒した。

その光景を見た他の盗賊たちは顔つきを変え、一斉に動き出す。

馬車に回り込むやつもいたが、中にはカミラとその仲間たちとポケ、さらには魔法を放つ愛がいる。そんな彼女らがいる馬車を襲うとはご愁傷《しゅうしょう》さまである。

俺もこの程度の相手なら武器はいらないだろうと刀をしまう。そして、先程倒した盗賊の足を掴んでジャイアントスイングをしながら盗賊たちに突っ込み、次々となぎ倒していった。倒れたやつらはゴロゴロと回りながら丘から落ちていく。

振り回した盗賊をそのままハンマー投げのように放り投げると、近くにいた別の盗賊を掴み、同じように回して飛ばした。

ぐるぐる回りすぎて少し目を回したが、近くにいる盗賊はほとんど倒した。

馬車の方に回り込んだやつらはどうなったかを確認すると、既にポケとカミラの仲間、そして愛の魔法によって倒されていた。

やはり問題なかったようで安心した。

残った数人の中に頭領がいることを願って、盗賊たちに聞く。

「お前たちの頭《かしら》は誰だ！　出てこい」

俺がそう言うと、一人がおそるおそる出てきて、俺が先程ハンマー投げよろしく投げ飛ばした男が頭《かしら》だったと言ってきた。

「は？　どっちだ？　最初のやつか？　後のやつか？」

「後の方です。お願いします！　もう悪事は働きません、助けてください」

なんてこった、頭領をこいつらの前でボコボコにして、悪事を働かないように仕向けようと思っていたのに、既に倒していた。しかも、残りの盗賊は悪事を働かないと言ってる。どうしたものかと、カミラに相談しに、馬車に向かうことにした。

俺が背中を向けたところで、悪事を働かないと言っていた先程の盗賊が、ダガーを持って突っ込んできた。

なんとなくそんな気がしていたため、親指と人差し指でダガーの刃を掴み、へし折ってから、有無を言わさず彼もハンマー投げで遠くに飛ばした。

他の盗賊を見ると、チビッてるやつに、目をギラギラさせて睨《にら》んでいるやつ、座り込んで完全に降伏の証《あかし》として両手をあげているやつがいる。睨《にら》んでいたやつらが手持ちのナイフで襲いかかってきたが、彼ら全員をハンマー投げで次々と投げ飛ばした。

残った盗賊は呆《ほう》けて見ていたが、すぐに我に返ったように跪《ひざまず》いて謝ってきた。

「今後悪事を働かないなら許そう。ただし、武器は没収する。ゴブリン程度なら素手やその辺に転がってる石とかで充分だろう」

俺がそう言うと、カミラのパーティが異議を申し立ててきた。

「旦那様、盗賊に堕ちて悪事を働いた者は、元に戻れませんわ」

なにか苦い経験があるのだろうか、険《けわ》しい顔で言い切る。

「俺たちはまだ何もやってない！　最近入ったばかりで、今日が初めての盗賊稼業だったんだ」

「こう言ってるけど、どうするよ？」

「口ではどうとでも言えますわ。武器を没収するだけでなく、ここで身ぐるみを剥《は》いで放置するのがいいと思いますわ」

カミラの言うこともっともだけど、俺としては信じたい気持ちがあるため、彼女たちを説得してみることにした。

「俺は彼らを信じてみたいんだ。俺の顔を立てて、ここは引いてもらえないだろうか？　できれば、これから行く村に、連れていこうと思ってる」

「ごれがらっで、もじがじで、一番外れにある老人しがいない村が？　おらだぢは、そごの村出身だべ、だげども食うのも困り、女や子供もいない生活に限界を感じで盗賊に堕ぢだんだ」

「んだんだ」

残った盗賊は全部で四人いて、そのうちの二人がそう言ってきた。

「なら、ちょうどいいな！　俺たちは、王都の孤児たちを多分お前たちが言ってる村に、連れていく予定なんだ。だから、お前たちが心を入れ替えられるか、俺たちと一緒に来ている他の冒険者や、子供たちに判断してもらおう。お前たちの処遇はそれから決めるとしようか！」

「ですが、旦那様！」

「カミラさん、多分今の師匠はもう聞かないと思いますよ？」

「ポケ君、分かってるね！　カミラさん、私もポケ君と一緒の考えだよ。諦《あきら》めて戻ろうよ」

愛がカミラを説得しようとしてくれる。

「……分かりました。ですが、他の冒険者の方々が許さないという判断をしたら、そのときはわたくしが処分いたします。それでいいですね？」

「ダメだ！　そのときが来ても、お前たちには手を出させない！　俺がやる。それと、他の冒険者や子供たちと言ったが、実際はダンク姐さんに見せて決めるつもりだ」

「あのオネエ様ですのね？　オネエ様になら異論はございませんわ。ところで、あのオネエ様と旦那様はどのような関係なのですか？」

「仲間だ。ちなみに姐さんは、同じ仲間のシオンにゾッコンＬＯＶＥだぞ」

「そうなのですね。では、みなさんのところへ戻りましょう」

ようやくカミラを説得した俺は、丘の下で待つみんなのもとへと戻った。

第二十二話

みんなのところに戻った俺は、姐さんに事情を説明して、盗賊を見せてみた。

「どうかな？　どう思う？　正直に言ってほしい」

「そうねえ、まずはこの子とこの子はダメね。で、残りの二人は大丈夫よ」

姐さんに見せたら、連れてきた盗賊のうちの二人がダメだと言った。

「理由を聞いてもいいかい？」

「それは、盗賊として人を進んで殺したことがあるかどうかの違いよ。自分から進んでやっちゃった人ってのは、また同じことを繰り返すの。いくら改心したとか反省してるとか言っちゃっても、そのときのその場での反省でしかないから、あたしたちがいなくなったら、同じことを繰り返しちゃうわよ」

「ありがとう、ダンク姐さん。なら、こいつらはカミラに約束した通り、俺の手で処分するよ」

「どういったことをするのかしら？　子供たちが見るかもしれないんだから、あまり残酷なことはしちゃダメよ？」

「大丈夫だよ。穴を掘って下半身だけ埋《う》めようかと思ってるんだよ。もちろん、持ちものや服は全部剥《は》ぎ取って、手の届かない場所に置いといて、立て札を立てようかと思ってる」

「ミーツちゃん、それだと逃げられないかしら？」

「そのあたりについてはちゃんと考えてる。少なくとも、子供たちの目に触れないようにやるから、大丈夫だよ」

俺はそう言い、丘の麓《ふもと》の人目につかない場所に盗賊たちを連れていくと、魔法で穴を掘って盗賊の下半身を埋《う》めた。コンクリートで固める想像をしたので、盗賊がいくら必死に両手で土を掘って抜け出そうとしても、全く歯が立たない。

盗賊はわけがわからず、わめきはじめた。

このまま騒がれても面倒なので、とりあえず壁を作り、彼らを囲う。とはいえ、時間が経てば勝手に壁が崩れるようにしてある。そして、立て札を立てた。

立て札には、『彼らは盗賊稼業にて悪事を働き、埋《う》められた者たちである』と書いてある。

そして、姐さんが大丈夫だと言った二人の盗賊は、後続の冒険者と賢に連れてきてもらうことにした。

またぞろぞろと並んで丘を越えると、その先には、少し高めの草が生えた平地が広がっていた。

丘は大して大きくもないのに、越える前と後ではこんなに違うのかってくらいに別世界だ。

俺が軽く感動していると、トーラスも草原が嬉しいらしく、歩くスピードが速くなっている。

四人の子供たちがどうしているか気になったので、御者を姐さんに任せてキャンピングカーの中に入ると、みんなベッドでスヤスヤと寝ていた。だが、俺の気配を感じたのか、目を覚まして俺に抱きついてくる。俺が盗賊退治でしばらく離れていたから、寂《さび》しかったのだろうか。

引き離そうとしても、まるでタコのように俺の腕に絡みついて離れない。

仕方なく、両肩に一人ずつ乗せ、残りの二人は足にしがみつかせたまま、姐さんのところまで行った。御者を代わり、子供たちは俺を挟む形で二人ずつ両サイドに座らせる。

子供たちは、目の前でキャンピングカーを引くトーラスに目をキラキラさせて、はしゃいでいる。

草原に出てからは、魔物も全く見ていない。魔物が元々いない地域なのか、ゴブリンすら出てこなかった。

夕暮れが近くなったため、野営地に向いた場所を探す。姐さんが近くに川はないと言ったため、仕方なく草の高さが低くなっているあたりで野営をすることにした。

さすがに野営三日目となれば慣れたもので、着々と準備を進めていったが、水場がないと食事に干し肉やパンくらいしか出せない。それでは寂《さび》しいのでアリスたちを呼び、水と火の魔法を使って食事の用意をした。

とはいえ、これほどの人数の食事だ。大変だろうから、俺も魔法を使ってこっそり手伝う。おかげで、なんとか簡単なスープくらいはみんなに行き渡るくらいになった。

食事を終えてから、アリスたちには後でご褒美《ほうび》をあげると言って、俺は車に戻った。

実は、そろそろ俺の悪い癖《くせ》が出てきていてヤバイ。

悪い癖《くせ》というのは、何もやりたくなくなることだ。全てのことがやりたくなくなるのだ。

食事もどうでもよくなり、俺の好きなものもどうでもよくなり、人間関係すらもどうでもよくなって、何もかもから興味を失う。

もはや病気だろう。

この悪癖《あくへき》のことは今のところ誰にも言えていないが、早いとこ姐さんか誰かに言って対処しないといけないと思っている。

この護衛の間は、俺の気持ちが持ってくれればいいが。

この悪癖《あくへき》が吹き飛ぶくらい大きな出来事が起きてくれることを不謹慎にも願いながら、目を瞑《つむ》り横になった。

第二十三話

少し横になるだけのつもりだったが、いつの間にか寝ていたようだ。

目を開けると、食事を終えて再度ここに戻ってきたのか、幼児と女の子たちが俺に抱きついて寝ていた。

ベッドは広いわけではないから、子供はベッドの縁ギリギリのところで寝ている。俺は起こさないようにベッドを出ると、子供たちを内側に寄せ、ソッとその場を離れた。

先程の気持ちもいまだに晴れないから、気分転換に外に出たが、まだ外は暗く、また曇っているため、月や星も出ていない。

目が慣れてくると、護衛に雇った冒険者たちが見張りの番をしているのが見えた。

焚火《たきび》を囲っている冒険者たちもいるが、見張りは暗がりにいる。

俺は労《ねぎら》いの言葉を何人かにかけて回ったが、すぐにやることがなくなったため、再度キャンピングカーの中に戻った。ベッドが占領されているのでソファに座ろうと思ったが、そこも愛やアリスたちに占拠されている。

ここで寝ることを諦《あきら》めて再度外に出る。ちょうどいいから、誰にも見られてないことを確認のうえ、空を跳ぶことに挑戦することにした。

まず思いっきり垂直に跳ぶと、二十メートルくらい跳び上がった。驚いて体勢が崩れそうになったが、なんとか気持ちを落ち着かせ、無事着地する。おそらく今のジャンプで七階建てのマンション分くらいは跳びあがったんじゃないだろうか。

高く跳びすぎて、他の冒険者に見られた気がする。

見られてマズイわけではないが、とりあえずここから離れよう。

ついでに目的地である村を見てこようと、ジャンプしつつ進んでいくが、全く村らしきものが見えてこない。焦《あせ》りながらずっと跳んで進んでいたら、なんと海に着いてしまった。

あれ？　海？　暗すぎて村があるのが見えなかったのか？　それとも、高く跳びすぎて見落とした？

困惑しつつ、とりあえず戻ろうと振り向いたら――どっちから来て、どこに向かえばいいのか、分からなくなってしまった。

マーキングでもしてくれればよかった。空を跳べる喜びが勝《まさ》って、完全に失念していた。

まあ、でもせっかく海に来たんだし、気持ちを切り替えて魚でも取るか。

再度空に跳びあがり、海の近くまで進んだところで、巨大な火の玉を出して海に放り投げた。

あたり一面に蒸気《じょうき》が上がる。同時に魚も空に上がった。暗くてどんな魚がいるのかよく分からないが、手当たり次第にアイテムボックスに入れていった。

別に腹が減ってるわけじゃないが、とりあえず食べてみよう。陸に戻って、先程の魚を焼こうと火を焚《た》き、適当にアイテムボックスから取り出した魚はマグロだった。

「この世界でもマグロっているんだ。でも、さすがにここで一人で食べるのは気が引けるな」

そう呟《つぶや》いてマグロをアイテムボックスに入れ直したところで、誰かの気配を感じて、刀に手をかけ警戒態勢を取った。

だが、すぐにそれが杞憂《きゆう》だったことを知る。なぜなら、その気配は賢のパーティの一人のものだったからだ。

「やっぱりミーツさんだったんですか。火が見えるし、誰かいると思って近づいてみたら、見覚えがある気がして」

「ええと、確か賢のパーティの方ですよね？」

「あ、ミーツさんにはまだ名乗ってませんでしたっけ？　私はアンソニーと言います。ミーツさんも浮遊魔法を使えるのですね」

「アンソニーって、もしかしてもう一人の仲間ってジョージって言わないか？」

「よく分かりましたね。そうですよ」

「それ、何を狙ってるんだ？　賢以外のパーティメンバーの名前が、子供や女性に人気の猫のキャラクターの男家族と彼氏の名前じゃないか」

「あ、よく知ってましたね。同じ転生者でも知ってる人は少ないのに。もちろん私の名前も、ダニエルもジョージも冒険者用の名前で、自国に戻れば本当の名前で呼び合ってますよ」

「本当の名前って、日本名とか？」

「そういう方もいますが、私は違いますね。私は大してこの偽名と変わらない名前ですね。名前って、大人になって申請すれば変えられるんですよ。私たちの国では、ですがね。まあ、そのあたりの話はいつか別の機会にでもしましょうか！　とりあえず、先に魚でも食べませんか？　私も先程取ってきたんです」

　そう言ってアンソニーが取り出したのは、カラフルな色の魚だった。熱帯魚や観賞用の魚かってくらいの見た目で、食う気が失せる。

「それ食うのか？　てか、食えるのか？」

「食べられますよ？　この紫の色したやつなんかは、焼いて食べると絶品なんですから」

　アンソニーはそう言いながら、懐《ふところ》から鉄の串を取り出して魚に突き刺し、焚火《たきび》の周りの地面に突き刺した。二匹刺したから、俺にも食わせようとしているのだろう。

「この魚だったら俺は遠慮する。二匹ともアンソニーが食べてくれ」

「いいから、騙《だま》されたと思って食べてみてください。食べる気が失せる見た目をしてますけど、ちゃんと焼けたら色も変わりますから」

さすがにそこまで言われると食べるしかない。俺は黙って焼けるのを待つことにした。

なんだか不安になって、アイテムボックスから先程取った魚を出して確認すると、この魚と同じものがいくつも出てきた。

「あ、ミーツさんも取っていたんですね。このあたりの海ではその魚、多いですもんね。でも、それは今度ミーツさんがご自分で食べることにして、今日は私が取ってきたやつを食べてみてください、きっと気に入りますから」

焼く前まで紫色だった魚は赤っぽい色になっていた。確かにさっきよりは美味《うま》そうに見える。

アンソニーに促されて食べてみると——カニの味だった。

「ウマあっ？　なんだこりゃ！　見た目は魚なのに、味はカニって！　しかも海から取ったばかりで塩気がついてるから、ポン酢や醤油《しょうゆ》いらずだな！」

「でしょ！　美味《おい》しいですよね！　ポン酢や醤油《しょうゆ》は持ってますけど使います？」

「いらずと言ったが、あるなら使う！　使わせてもらいます」

今後、魔法で出せるようにしたいから、魔法で出せるようなものは、なるべく口にして覚えたい。

そう思って使わせてもらったのだが、魚にかけて食うとさらに美味《うま》くなって、色々な意味でヤバかった。

「どうです？　見た目はちょっとアレですけど、イケますでしょ？」

「そんなニヤニヤしないでくれ。俺が悪かった！　しかし、よく醤油《しょうゆ》やポン酢なんかを持ってたな？　作ったのか？」

「こんなの作れませんよ。自国から持ってきたのもありますけれど、知り合いの料理上手なオヤジに作ってもらったんです」

「自国って凄《すご》いな、醤油《しょうゆ》を作れる技術を持ってるって人も転生者か？」

「そうですよ。すでにある程度お聞きだと思いますが、私たちの国は、元々転移した勇者やその仲間が作った国で、なぜか転生者が集まる国でもあるんです。生まれや育った場所は他所《よそ》なのに、なぜか私たちの国に集まるんです。私と仲間たちは、私たちの国『大和《ヤマト》』出身ですけどね」

「国の名前『大和』って言うのか。まんま日本名じゃないか」

「ですね。本当は日本からとってＮＩＰとかジャパンとかってつけたかったらしいですけどね。結構大きな国なんですよ」

「そうなんだ。そのうち必ず行くよ。そのとき、アンソニーたちが国にいるかは分からないけどね」

「そのときに私たちがいれば案内しますね。さて、食べ終わったし、帰りますか！」

「どっちに向かえばいいか、分かるのかい？　恥ずかしい話、ここまで跳んできたのはいいが、どこから来たのか分からなくて困ってたんだ」

「ふふふ、ミーツさんってみんなが言っていた通り、抜けたところがありますね。私でもちゃんと目印くらいつけてきてますよ」

アンソニーはそう言うと、まっすぐ上に跳んだ。

俺も同じように跳ぶと、手を握られ、誘導される。あたりを見渡したが、目印なんてどこにも見当たらなかった。

「アンソニー！　目印ってなんだ？」

大声で言うが、風の音で俺の声がかき消されてしまった。諦《あきら》めて、アンソニーについていく。

やがて、賢とそのパーティが焚火《たきび》の周りに横になっているのが見えた。

アンソニーと俺が一緒に降り立つと、賢は起きていたのか、ムクリと起き上がり、俺が一緒にいることを知っていたかのように接してきた。

「ミーツ、あの魚美味《うま》かったろ？　もちろん、俺たちにも取ってきてくれたんだろ？」

「その前に、どうして俺がアンソニーと一緒に帰ってくるって分かったんだ？」

「まあ、本当は秘密なんだけど、ミーツさんだし、大丈夫でしょ！　俺たちはお互い、パーティとして組んだやつとテレパシーで会話できるんだ」

「ダニエル、起きてたのか？」

「そりゃあ、起きるっしょ。アンソニーがアレを取ってきたってんだから！　なあ、ジョージ？」

「ああ、アンソニー、すぐに出せ」

「俺が大量に持ってるし、さっきアンソニーのを食わせてもらったから、俺のを出すよ」

そう言ってボトボトと八匹ほど出すと、アンソニーも含めて、みんなが驚いていた。

「ミーツさん、I・B持ってたのか？」

ダニエルに言われ、首を傾《かし》げる。

「ん？　聞きなれない言葉が出てきたな？　I・Bってなんだ？」

「アイテムボックスの略語だよ。ウチらの国ではI・Bで通ってるんだよ。アイテム（ITEM）とボックス（BOX）の頭文字を取って、I・B。I・Bを持ってる人は、ウチらの国でもそんなにいないんだ」

「へえ、それならこれからI・Bって、俺も呼ぶかな。マジックバッグに次いで、いい呼び方だな」

「ウチらではマジックバッグはM・Bって呼んでるよ。どこでもは通用はしないけど、少なくともウチらの国――大和ではみんなそう呼んでる」

「なるほど。なら、俺もいる仲間や人に合わせて、呼び方を変えるかな。ありがとう、教えてくれて！　話を聞けば聞くほど、大和は面白そうだな。俺、今回の護衛の後は国を出て、レイン様ってお方の国に行くんだ。その国に行った後にでも、大和に行かせてもらうよ」

俺がそう言うと、賢のパーティの面々が大笑いした。俺の頭に「?」がいくつも浮かぶ。いったいなんで笑っているんだ?

「アンタが国を出て違う国に行くことは聞いていたが、まさか大和に行こうと思うとは意外だったな」

そう賢が言うと、彼の仲間たちも次々と言葉を続ける。

「だな、俺の家を教えておきましょうか?」

「お前のところはつまらないだろ」

「私の家に来たらいいですよ。私の家は女系家族なんで、満足させますよ」

「それを言い出したら、俺のところが一番いいに決まってる! 初代様の所有物がたくさんあるからな! おっと、あまり大声で話すことじゃないな、近くの冒険者に聞かれてしまう。明日には村に着くんだろ? 村に着いて一息ついたら、この話の続きを人目のないところでしようぜ」

ダニエル、ジョージ、アンソニーが言ったあと、賢の最後の一言で、一旦この話は打ち切られた。

その後、俺が出したカニの味がする魚を、俺とアンソニーを除いたメンバーが頰張《ほおば》る。

そんな中、俺は急に眠気を感じ、そのまま横になって寝てしまった。

第二十四話

翌朝、賢に起こされてボーッとしていると、アンソニーが朝飯をくれた。

昨夜に食べた魚とは別のもので、今度はちゃんとした見た目の魚だったから、安心していただいた。

俺はお礼を言って、みんなのもとへ戻る。車の中に入った瞬間、子供たちに抱きつかれた。

寝るとき俺がいたのに、起きたらいなかったから、不安だったのだろう。

悪いことをしたと思いながら子供たちを撫《な》でると、みんな満面の笑みになった。

食事をまだ済ませていないと言うので、子供らを抱きかかえ、みんなが集まる場所へと向かう。

ちょうどアリスと愛と他の冒険者たちが、具合が悪そうにしながら魔法を使って、食事の準備を手伝っていた。おそらくMP切れを起こしかけているのだろう。

俺がいなくてもこのくらい回ると思っていたが、実際はフルマラソンをやった後の酸欠状態みたいな人ばかりだった。

そこで回復薬を出して、MPを回復させていく。その後、俺も食事の支度を手伝うとすぐに終わった。

子供たちを世話役の人に任せてその場を離れ、キャンピングカーに近づくと、愛にタックルされる形で捕まってしまった。

「おじさん！　昨日のご褒美《ほうび》は？　今日も来るの遅いよ！」

「ですね。おじさんどこで何をしていたんですか？　起きたとき、車の中にいませんでしたし、子供たちも不安がってましたよ」

「それは本当に悪かったと思ってるよ。子供たちに不安にさせたのはね」

「私たちには？　私たちにも悪いと思ってる？」

「いや、愛たちは別に何とも思ってないな。昨日お礼するって言ったのに忘れていたのは悪いけど、それ以外は別に何とも思ってない」

「何よそれー！」

「愛、うるさい。おじさんには、車の中でしっかりとお礼もらいますからね？　愛もそれでいいでしょ！」

「むー、別にいいけど、アリスが仕切るの納得できない」

「分かった分かった。とりあえず車に入ってから、俺が出せる範囲であれば、愛たちのご要望のものを出すから」

そう言って車の中に入ると、シャンプーを出したんだから、リンスも出せるだろうと問い詰められた。仕方なく俺が元の世界で使ってたものを思い出しつつ想像魔法で出すと、それらしい中身が入ったボトルは出る。とはいえ、肝心の成分は分からないため、アリスには一度試さないと分からないと言って渡した。

「ありがとうございます。でも、また手作りしますから、材料をお願いします。まずは、ハーブ、ビネガー、精油、それとそれらを入れる鍋と容器でいいです。後は、あればでいいんですけど、おじさんが使ってた布で余ってるものがあれば、それもらいたいです」

「ハーブはわかるがビネガー？　精油？　って何だ？」

「本気で言ってます？　ビネガーって、お酢のことですよ？　精油はエッセンシャルオイルのことですよ？　エッセンシャルオイルって知ってます？　リンスだけなら、お酢だけでもいいんですけど、どうせなら、ちゃんとしたものを作りたいですから」

「あー、それなら分かる！　テレビで見たことある！　作り方と作れる植物とかを」

俺は再度魔法を使い、色々な種類のハーブと、色々なエッセンシャルオイル、酢を出した。鍋は、アリスたちが普段から持ち歩いているものを使ってもらうことにしよう。後で、俺の魔法で清潔にすればいいだけだし。今回もアリスが作るのを見て覚えようと思いながら、余った布を差し出した。

「あの、容器は出してもらえないのですか？」

「あ、そうか忘れてた。でも、オイルの入っている容器を使えばよくないか？　もしくは、シャンプーが入ってた容器か」

「まあ、そうですね。リンス、一度作ったら、また出してくださいね。今夜あたりにでも作りますから」

そしてアリスは車から退出し、愛が残った。

俺は愛が残っていることを不審に思い、どうしたのかと尋《たず》ねた。

「私へのご褒美《ほうび》は？」

「アリスにあげたものを愛も使うんだろ？　もういいじゃないか？」

「むー、納得いかない！　そりゃアリスが作るのを使うけど、だからって、私へのご褒美《ほうび》がないのが納得いかない」

「分かった分かった。なら、撫《な》でてあげるから、それでいいだろ？」

「私、子供じゃないもん！　もういい！」

そう言いつつも、愛は俺に撫《な》でられてから出ていった。

「もういいとか言ってるけど、しっかり撫《な》でられるんだな。やっぱり子供だ」

なんて呟《つぶや》いていると、車内の前方にいたダンク姐さんから声をかけられた。

「ミーツちゃん、昨夜はどこに跳んでいっちゃったの？」

「え！　ダンク姐さん気がついていたの？　この車から結構離れて跳んだのに？」

「そりゃあ、気づくわよ？　ミーツちゃんが起きて、子供たちをベッドから落ちないようにしてたところから知ってるわよ」

「ダンク姐さん、恐るべしだな。昨夜は村のある方向へと跳んだけど、気づかずに海まで行っちゃったんだ」

「真っ暗だから分からなかったのね。そろそろ、みんなの準備が整いそうだから、トーラスちゃんの準備もするわね」

姐さんはキャンピングカーから降りて、トーラスのところへ向かった。俺もなんとなく後を追いつつ、そういえば昨日トーラスに餌《えさ》を与えたか、と急に不安になった。記憶を辿《たど》るも、あげた記憶がなく、急いで向かったところ、トーラスは草原の草や木の葉を食べていた。

「よかった。昨日トーラスに餌《えさ》を与え忘れたから、お腹空かせてると思ったけど、大丈夫そうだね」

「ここが草原でよかったわね。そうでなければ、昨日のうちに、ミーツちゃんに突進していたかもしれないわ」

危なかった……と、今更ながらに思ってしまった。

みんなは既に準備万全で、俺待ちの状態だったから、すぐに出発した。

と言っても、魔物のいない草原を、ただひたすら進むだけだから、何の変化もないのだが。

元盗賊の二人のことは後続の馬車に任せていたが、今日中には村に到達するはずなので、先頭のトーラスが引いている俺のキャンピングカーの横あたりを歩かせることにした。

しばらく進んでいると、急にトーラスが興奮した様子で息を荒《あら》らげた。

どうしたのかと思い、一度行進を止めて状態を確認しようとするが、トーラスが止まらない。不審に感じて、車内で寛《くつろ》いでいる姐さんに御者台へと来てもらい、事情を説明した。

「ミーツちゃん！　あれを見て！」

驚いたようにダンク姐さんが遠くを指さす。姐さんが指さしている方向を見ると、トーラスと同じトリケラトプスが、数体いることに気がついた。

このあたりは、彼らの生息地域なのだろうか。御者は姐さんに任せて車から降り、元盗賊のもとに向かって聞いてみた。

「あれは、ごのあだりによぐいる魔物だっぺ」

「んだんだ、草や木の葉ぐらいじが、食べんどから手を出さんどけば、危険はない魔物だっぺ」

彼らの言葉の訛《なま》りがひどいと思いつつも、仕方ないことだと割り切ることにした。

「やはり、トーラスと一緒か。ウチの三本角が興奮しているんだが、通りすぎるだけなら大丈夫か？」

「んだべ！　多分、大丈夫だっぺ」

「触るのはやめだ方がいいっぺ！　興奮してるのは、ぎっど三本角の雌がいるがらだど思うんだべ」

「なんとなくそんな気がしてたが、やっぱりそうなのかな。ありがとう、元盗賊一と二」

「オラたちは一と二なんで名前じゃないべ！　オラは『タゴ』だべ」

「オラは『サク』だべ」

「ああ、分かったよ。タゴにサクな！　まあ、今後呼ぶことはないだろうけど」

「いんや、村に着いだら、オラだぢが必要になるはずだべ」

「んだべ」

それでもこっちには村出身のシスターもいるし必要ないと思うが、まあ彼らがそう言い張るのならそうなのかもしれない。とりあえず放っておいて、トーラスのもとへと戻った。

第二十五話

ダンク姐さんのおかげか、トーラスは元の速度に戻っていた。

御者台に座り、ダンク姐さんに先程の話の内容を伝える。

「速度だけは抑えられたけど、同種族がいるから興奮してるのは、見たまんま分かるわよ？」

「おそらく雌がいるからじゃないかと言ってたよ。でも、近づかなければ大丈夫だって、元盗賊の二人は言っていた」

「それくらいは、あたしも知ってたわ。トーラスちゃんが同じ種族の女の子に興奮してるのはね」

「そうなんだ。じゃあ、わざわざあいつらに聞きに行かないでよかったな。ダンク姐さん的にはどうしたらいいと思う？」

「あたしとしては寂《さび》しいけど、トーラスちゃんが望むのであれば、群れに帰してあげるのがいいと思うわ」

なるほど、確かにトーラスのためにもその方がいいのかもしれない。それに、この先の村に子供たちを預けるのならば、村を守る存在が必要だろう。村の近くにトーラスが棲《す》んでくれるのならば安心だ。

元々俺的には、時折冒険者のニックや愛たちに、子供たちの様子を見に行ってもらおうと考えていたが、ここまでの距離を考えると、そんなに頻繁《ひんぱん》には来られないだろう。

姐さんの言う通り、少し寂《さび》しいがトーラスのためになるし、子供たちや村のためにもなるし、別れを決めなければいけない。

「分かったよ、ダンク姐さん。別れることを覚悟するよ。トーラスの説得は、俺が自分でするから」

「説得については、もうミーツちゃんの魔物になったんだから、大丈夫だと思うわ。とりあえず、落ち着かせてくれる？　もうすぐ村に着くと思うけど、こんな状態のトーラスちゃんを連れてはいけないもの」

「ああ、できるかどうか分からないが、やってみるよ」

俺は御者台からトーラスの背中へと跳び、説得のために話しかけようとした。しかし、トーラスの耳がどの辺にあるのか分からない。おそらく目の後ろあたりにある窪《くぼ》みだと推測して、顔に近づけ説得を試みたところ、トーラスの目がカッと見開き、そのまま突進しはじめた。

「ちょっ、ミーツちゃん何て言ったのよ！　トーラスちゃんが急に走り出したわよ！」

「いや、お前はここにいた方がいいって……悪い！　ダンク姐さん！　トーラスはこのまま説得するから、後ろを率いる冒険者たちと、車の中にいる子供たちを任せる！」

姐さんは仕方なさそうにため息をついて、車の中に入り込み、子供たちを両手で抱えて、外にふわりと跳んで後方に下がった。

シオンも慌《あわ》てて車から降りていたが……正直、シオンのことを忘れていた。後で謝っておけばいいかと思い、暴走しているトーラスを説得することに専念する。

「トーラス、村に着いたらちゃんと説明しようと思ってたが、村にこれから子供たちが住むことになる。その村を、俺の代わりに守ってもらいたいと思っているんだ。本当は俺が残って守ってあげたいが、俺もやらなければいけないことが数多くあるんだ。だからトーラス、頼む！　決してお前が嫌いだからとか、お前と一緒にいたくないとかではないからな！」

俺の必死の言葉を聞き入れたのか、暴走のスピードが緩《ゆる》やかになり、やがて歩みを止めた。

そこでようやくトーラスの真正面に立つことができたので、トーラスの顔に抱きつき、そのまま再度静かに先程の続きを話した。

「トーラス、俺はいずれ必ずこの村に帰ってくるから、俺の代わりにこの村を守ってくれないか？　他の魔物や盗賊や危険なものから！　本当は俺もお前とは別れたくないが、トーラスのためにもなるんだ。このあたりはトーラスの種族の生息地らしいし、トーラスの伴侶《はんりょ》も見つけやすいと思うんだ。だからと言うわけではないが、トーラスがいい人、もとい、いい三本角を見つけて子を作り、子供と一緒に、この先の村を、今回一緒に行動をともにしてきた子供たちを、守護してほしいんだ」

【うん、分かった】

トーラスが答えてくれた。

「ありがとう。分かってくれて嬉しいよ」

俺がそう言うと、トーラスが俺の顔を太く長い舌でベロベロと舐《な》め出した。びっくりしてトーラスの顔を見ると、つぶらな瞳から涙が出ている。

トーラスと出会ってまだわずかな日数しか経ってないのに、こんなに早く別れるとは思わなかったし、トーラスにもこんなに好かれてたんだと思うと、俺も涙が出てきた。

その場でしばらくお互い声を出さずに泣きあっていたら、後ろあたりから賢が「そろそろ置いていくぞ」と声をかけてきた。

俺にとってはわずかな時間に感じられたが、どうやらかなり時間が経っていたようだ。俺がトーラスと抱き合っているのを、たくさんの冒険者が見たらしい。幸いにも、泣いていたところは見られてはいなかったみたいで安堵《あんど》した。

俺は賢に声をかけてくれたことに対するお礼を言うと、トーラスに跨《また》がり、ダンク姐さんたちもキャンピングカーに乗り込む。そして、冒険者たちの横を通って先頭に向かった。

途中で俺とトーラスの抱擁《ほうよう》を見ていた冒険者たちに冷やかされたり、ニヤニヤした顔で見られたりと、なかなか恥ずかしい目にあう。

元盗賊の二人を拾い、しばらくして再び先頭につくと、俺が落ち着いたと見たのか、御者をしていたダンク姐さんが声をかけてくる。

「それで、無事説得はできたのかしら？」

「あ、ああ、できたよ。トーラスも分かってくれたよ」

「そうよね。みんなの前であんなにトーラスちゃんを抱きしめてたし、トーラスちゃんもミーツちゃんをベロベロと舐《な》めてたもんね。大丈夫なのかしら？　全身濡れているようだけど」

そう言われて自分の身体を見ると、確かに全身トーラスの唾液《だえき》で濡れていた。

しかもベタベタしている。急いで先頭まで来たから、気がつかなかった。

俺はトーラスの背中から御者台に戻り、清潔になる魔法を使って身綺麗《みぎれい》にした。

そのまま村に着くまで、ダンク姐さんに御者をしてもらうことにして、元盗賊の二人にトーラスの横を歩かせて村への道案内をさせた。二人は最初、至近距離にいるトーラスにビクビクしていたが、元々このあたりにいるトリケラトプスで慣れていたのか、すぐに気にしなくなった。

「あとどのくらいで着きそうだ？」

「もうすぐだっぺ」

「タゴの言う通り慌でんでええ、ずぐに着ぐがらよ。で、ほら見えできだっぺよ」

元盗賊の一人が言った方向を見たが、何も見えない。

視力の差なのか、視力回復とかってできるのか今度魔法で試してみようと考えながらも進むと、俺の視力でもようやく柵らしきものが見えてきた。

村に近づくにつれて、元盗賊の二人はソワソワし出した。

「どうしたんだ？　お前たちがいた方が、村に入るとき役に立つんじゃなかったのか？」

「あんだらはな。だがオラだぢは長老に叱《しか》られるっぺ」

「んだ、タゴど一緒に無断で村を出で盗賊になっだごどが知れだら、ぎっど叩《たた》がれるべ。下手ごいだら殺されるがもしれないっぺよ」

なるほど、だから青褪《あおざ》めた顔でソワソワしていたのか。

「そうだな。でも仕方ないいんじゃないのか？　実際に盗賊になって、未遂とはいえ俺たちのことを襲ったんだからね」

「頼む旦那！　だまだま、道端でオラだぢを拾って、ごごまで道案内ざぜだごどにじでぐんろ！」

「俺はいいけど、他の冒険者や子供たちはどう思うか分からないよ？　諦《あきら》めて、長老様とやらに本当のことを言うしかないいんじゃないか？　一応フォローくらいはしてやるから」

「『ふぉろぉ〜ってなんだべ？』」

「あー、フォローを知らないか。えっとだな、つまり弁明してやるってことだ」

「旦那の言う言葉は難じいな」

「んだべ、タゴの言う通り、ザッパリだべ！　んだども、悪くは言わないっでごどだべな？」

「そうだね。そのつもりだけど、お前たちの態度次第で変わるからね」

俺がそう言うと、彼らはキリッと姿勢を正して、お願いします、と俺にお辞儀《じぎ》をした。そして我先にと前に出て案内しはじめる。

俺自身が出した依頼とはいえ、ようやく無事に大人数の人たちを村まで届けることができてホッとした。

あまり長居したくなさそうな冒険者が何人かいたので、とりあえず依頼達成ということにして先に帰らせることにした。帰りに、これらの馬車を王都のギルドに届けてほしいと伝え、ギルドで支払われる報酬とは別に、各冒険者に金貨を二枚ずつ渡して、彼らを見送った。

とりあえず、一段落というところだ。

この先も平穏無事とはいかないだろうが、底辺から始まった俺の異世界冒険物語は、まだまだ続いていく。俺はそのことに、いい歳ながらワクワクしていた——

jitsuryoku-syugi ni hirowareta kannteishi

実力主義に拾われた鑑定士

~奴隷扱いだった母国を捨てて、敵国の英雄はじめました~

usuazimeron
薄味メロン

クセだらけの部下達を万能鑑定スキルで育てまくろう!!

第13回 アルファポリス ファンタジー小説大賞
「読者賞」「優秀賞」W受賞作!

超貴族主義の国で奴隷のように働かされていた鑑定士の青年、アルト。毎日の重いノルマによって過労死寸前になっていた彼はある日、職場で出くわした敵国の軍人に才能を認められ、亡命してくるよう勧めてもらった。人生をやり直すチャンスと思い、亡命を決意するアルト。めでたく新天地でスローライフを送るかと思いきや……あれよあれよと言う間に、アルト自身も軍属となってしまう。しかも彼は成り行きで将軍候補生となり、落ちこぼれの少女達の上司となることに!? アルトは万能鑑定スキルを駆使して彼女達の眠れる素質を開花させ、一流の軍人へと育成していく——!

●定価：1320円（10%税込） ISBN 978-4-434-29000-8 ●illustration：桶乃かもく

神様の手違いが元で、不幸にも病気により息を引き取った日本の小学生・如月啓太。別の女神からお詫びとして加護をもらった彼は、異世界の侯爵家次男に転生。ジョーディという名で新しい人生を歩み始める。家族に愛され元気に育ったジョーディの一番の友達は、父の相棒でもあるブラックパンサーのローリー。言葉は通じないながらも、何かと気に掛けてくれるローリーと共に、楽しく穏やかな日々を送っていた。そんなある日、1歳になったジョーディを祝うために、家族全員で祖父母の家に遊びに行くことになる。しかし、その旅先には大事件と……さらなる“もふもふ”との出会いが待っていた!?

◉定価：1320円（10%税込）　ISBN 978-4-434-28999-6　◉illustration：conoco

この作品に対する皆様のご意見・ご感想をお待ちしております。

おハガキ・お手紙は以下の宛先にお送りください。

【宛先】

〒150-6008 東京都渋谷区恵比寿 4-20-3 恵比寿ｶﾞｰﾃﾞﾝﾌﾟﾚｲｽﾀﾜｰ 8F
（株）アルファポリス　書籍感想係

メールフォームでのご意見・ご感想は右のＱＲコードから、
あるいは以下のワードで検索をかけてください。

アルファポリス　書籍の感想　検索

ご感想はこちらから

本書はWebサイト「アルファポリス」（https://www.alphapolis.co.jp/）に投稿されたものを、改稿、加筆のうえ、書籍化したものです。

底辺から始まった俺の異世界冒険物語！ 3

ちかっぱ雪比呂（ちかっぱゆきひろ）

2021年　6月 30日初版発行

編集－加藤純・宮坂剛
編集長－太田鉄平
発行者－梶本雄介
発行所－株式会社アルファポリス
〒150-6008 東京都渋谷区恵比寿4-20-3 恵比寿ｶﾞｰﾃﾞﾝﾌﾟﾚｲｽﾀﾜｰ8F
TEL 03-6277-1601（営業） 03-6277-1602（編集）
URL https://www.alphapolis.co.jp/
発売元－株式会社星雲社（共同出版社・流通責任出版社）
〒112-0005 東京都文京区水道1-3-30
TEL 03-3868-3275
装丁・本文イラスト－Noukyo
装丁デザイン－AFTERGLOW
印刷－図書印刷株式会社

価格はカバーに表示されてあります。

落丁乱丁の場合はアルファポリスまでご連絡ください。

送料は小社負担でお取り替えします。


ISBN978-4-434-29007-7 C0093